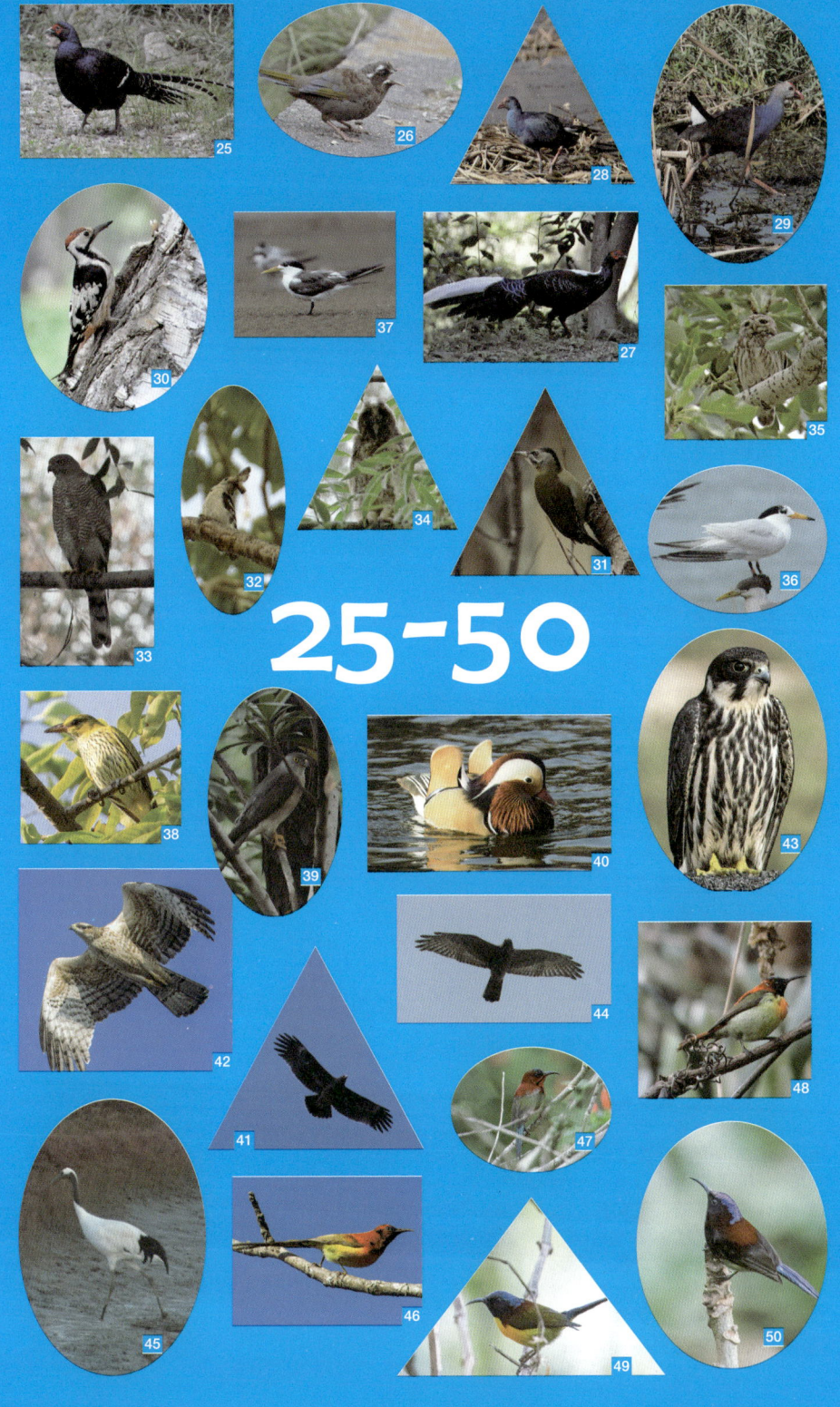

25-50

1 珠颈斑鸠，英文名：Spotted Dove
   拉丁文名：*Spilopelia chinensis*
2 麻雀（其他常用名：树麻雀），英文名：Eurasian Tree Sparrow
   拉丁文名：*Passer montanus*
3 乌鸫，英文名：Chinese Blackbird
   拉丁文名：*Turdus mandarinus*
4 白头鹎，英文名：Chinese Bulbul
   拉丁文名：*Pycnonotus sinensis*
5 白鹇，英文名：Silver Pheasant
   拉丁文名：*Lophura nycthemera*
6 黄腹角雉，英文名：Cabot's Tragopan
   拉丁文名：*Tragopan caboti*
7 环颈雉（其他常用名：雉鸡），英文名：Common Pheasant
   拉丁文名：*Phasianus colchicus*
8 黄颈拟蜡嘴雀，英文名：Collared Grosbeak
   拉丁文名：*Mycerobas affinis*
9 黄腿渔鸮，英文名：Tawny Fish Owl
   拉丁文名：*Ketupa flavipes*
10 黑额山噪鹛，英文名：Snowy-cheeked Laughingthrush
   拉丁文名：*Lanthocincla sukatschewi*
11 橙翅噪鹛，英文名：Elliot's Laughingthrush
   拉丁文名：*Trochalopteron elliotii*
12 白眉朱雀，英文名：Chinese White-browed Rosefinch
   拉丁文名：*Carpodacus dubius*
13 星鸦，英文名：Nutcracker
   拉丁文名：*Nucifraga caryocatactes*
14 酒红朱雀，英文名：Vinaceous Rosefinch
   拉丁文名：*Carpodacus vinaceus*
15 棕胸岩鹨，英文名：Rufous-breasted Accentor
   拉丁文名：*Prunella strophiata*
16 血雉，英文名：Blood Pheasant
   拉丁文名：*Ithaginis cruentus*
17 长尾奇鹛，英文名：Long-tailed Sibia
   拉丁文名：*Heterophasia picaoides*
18 丽色奇鹛，英文名：Beautiful Sibia
   拉丁文名：*Heterophasia pulchella*
19 黑头奇鹛，英文名：Black-headed Sibia
   拉丁文名：*Heterophasia desgodinsi*
20 山蓝仙鹟，英文名：Hill Blue Flycatcher
   拉丁文名：*Cyornis whitei*
21 白头鵙鹛，英文名：White-headed Shrike Babbler
   拉丁文名：*Gampsorhynchus rufulus*
22 红嘴钩嘴鹛，英文名：Coral-billed Scimitar Babbler
   拉丁文名：*Pomatorhinus ferruginosus*
23 棕头钩嘴鹛，英文名：Red-billed Scimitar Babbler
   拉丁文名：*Pomatorhinus ochraceiceps*
24 黄腹冠鹎，英文名：Yellow-bellied Bulbul
   拉丁文名：*Alophoixus flaveolus*
25 黑长尾雉，英文名：Mikado Pheasant
   拉丁文名：*Syrmaticus mikado*

26 玉山噪鹛，英文名：White-whiskered Laughingthrush
　　拉丁文名：*Trochalopteron morrisonianum*
27 蓝腹鹇，英文名：Swinhoe's Pheasant
　　拉丁文名：*Lophura swinhoii*
28 紫水鸡，英文名：Grey-headed Swamphen
　　拉丁文名：*Porphyrio poliocephalus*
29 黑背紫水鸡，英文名：Black-backed Swamphen
　　拉丁文名：*Porphyrio indicus*
30 白背啄木鸟，英文名：White-backed Woodpecker
　　拉丁文名：*Dendrocopos leucotos*
31 灰头绿啄木鸟，英文名：Grey-headed Woodpecker
　　拉丁文名：*Picus canus*
32 小斑啄木鸟，英文名：Lesser Spotted Woodpecker
　　拉丁文名：*Dryobates minor*
33 褐耳鹰，英文名：Shikra
　　拉丁文名：*Accipiter badius*
34 长耳鸮，英文名：Long-eared Owl
　　拉丁文名：*Asio otus*
35 纵纹腹小鸮，英文名：Little Owl
　　拉丁文名：*Athene noctua*
36 中华凤头燕鸥，英文名：Chinese Crested Tern
　　拉丁文名：*Thalasseus bernsteini*
37 大凤头燕鸥，英文名：Greater Crested Tern
　　拉丁文名：*Thalasseus bergii*
38 黑枕黄鹂，英文名：Black-naped Oriole
　　拉丁文名：*Oriolus chinensis*
39 赤腹鹰，英文名：Chinese Goshawk
　　拉丁文名：*Accipiter soloensis*
40 鸳鸯，英文名：Mandarin Duck
　　拉丁文名：*Aix galericulata*
41 乌雕，英文名：Greater Spotted Eagle
　　拉丁文名：*Clanga clanga*
42 凤头蜂鹰，英文名：Oriental Honey Buzzard
　　拉丁文名：*Pernis ptilorhynchus*
43 燕隼，英文名：Eurasian Hobby
　　拉丁文名：*Falco subbute*
44 灰脸鵟鹰，英文名：Grey-faced Buzzard
　　拉丁文名：*Butastur indicus*
45 丹顶鹤，英文名：Japanese Crane
　　拉丁文名：*Grus japonensis*
46 蓝喉太阳鸟，英文名：Mrs.Gould's Sunbird
　　拉丁文名：*Aethopyga gouldiae*
47 黄腰太阳鸟，英文名：Crimson Sunbird
　　拉丁文名：*Aethopyga siparaja*
48 火尾太阳鸟，英文名：Fire-tailed Sunbird
　　拉丁文名：*Aethopyga ignicauda*
49 绿喉太阳鸟，英文名：Green-tailed Sunbird
　　拉丁文名：*Aethopyga nipalensis*
50 黑胸太阳鸟，英文名：Black-throated Sunbird
　　拉丁文名：*Aethopyga saturata*

51-73

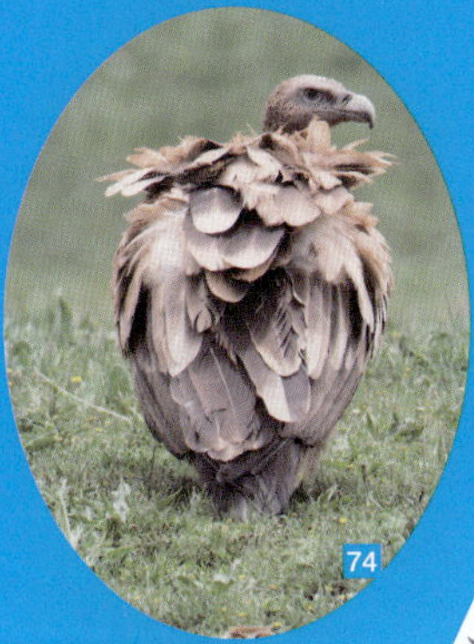
74

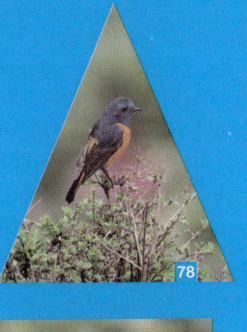

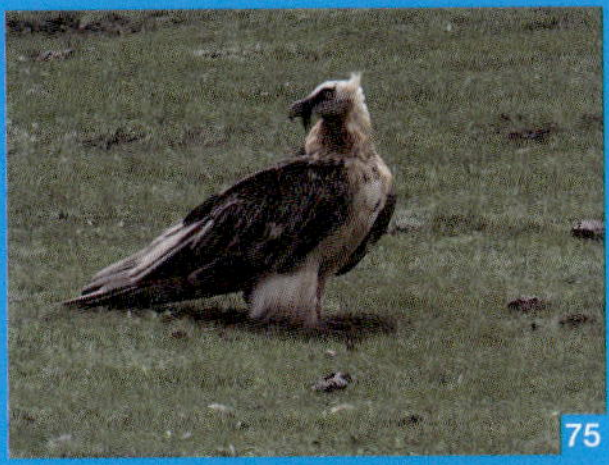
75

78

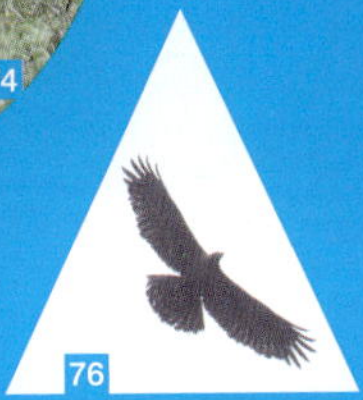
76

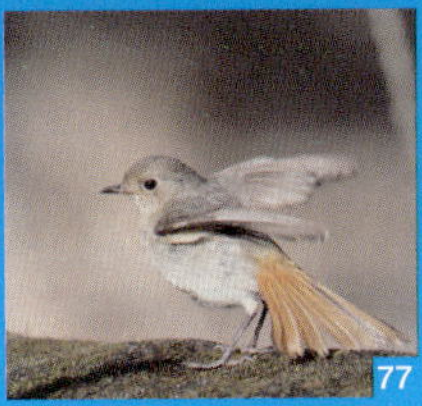
77

79

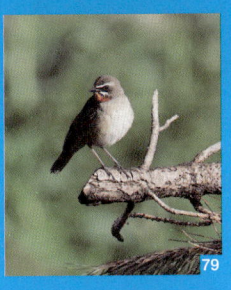

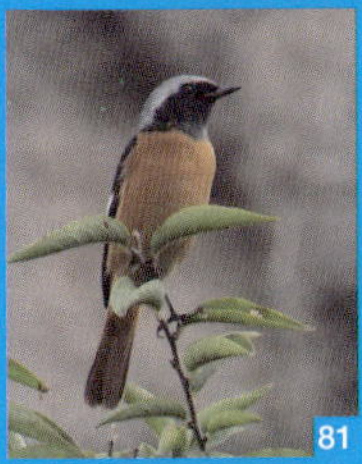
81

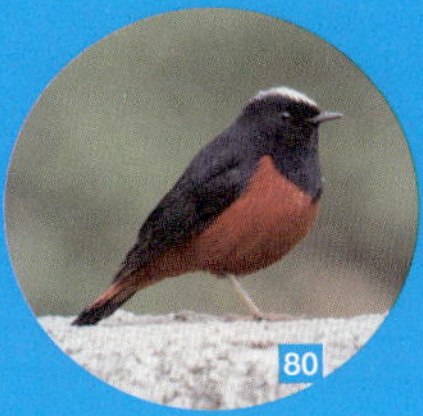
80

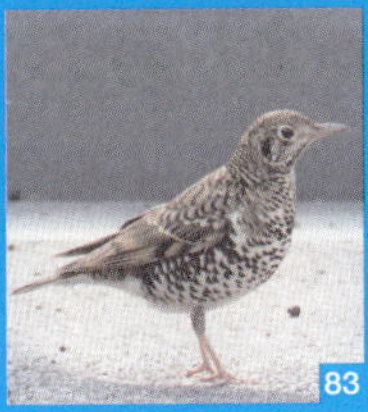
83

84

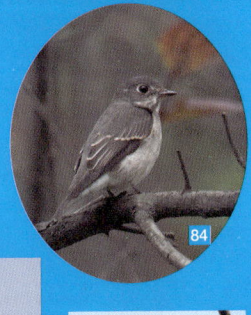

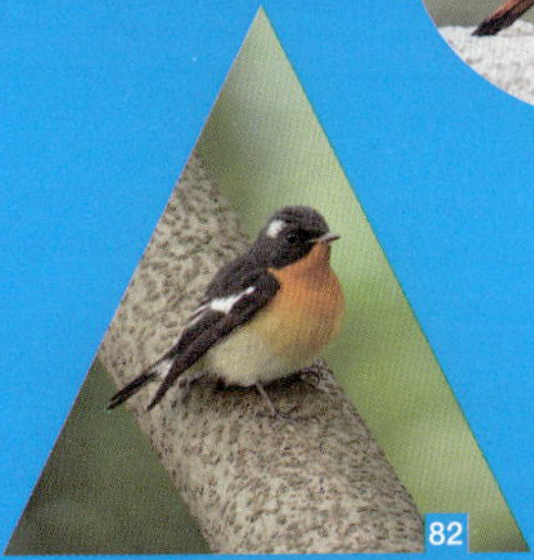
82

74-90

88

89

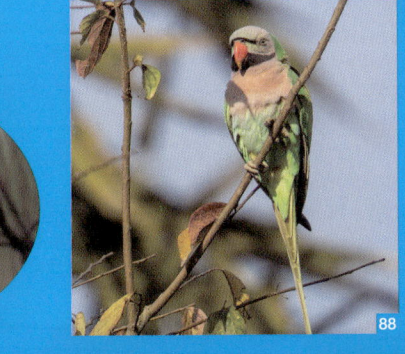

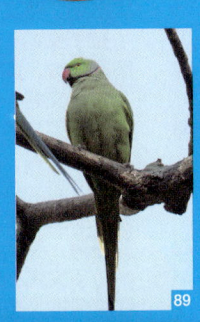

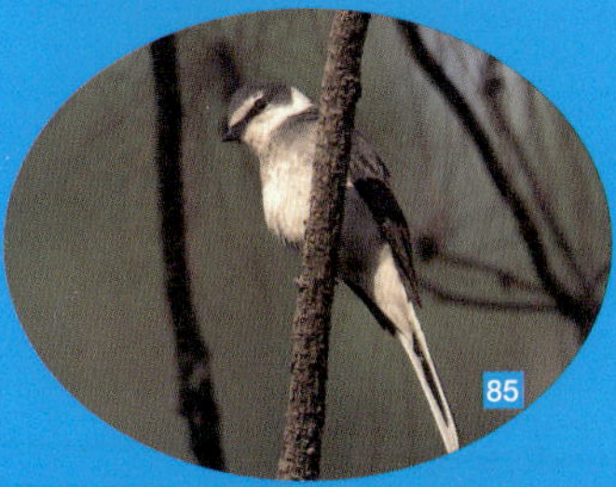
85

86

87

90

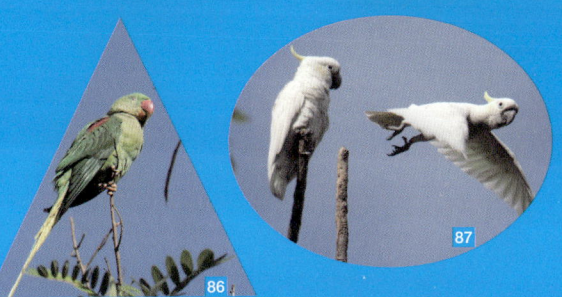

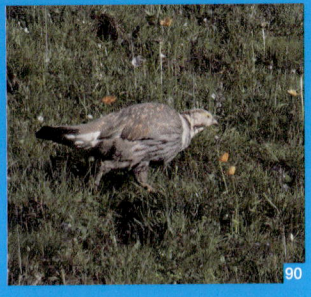

51　紫颊直嘴太阳鸟，英文名：Ruby-cheeked Sunbird
　　拉丁文名：*Chalcoparia singalensis*
52　沙色朱雀，英文名：Pale Rosefinch
　　拉丁文名：*Carpodacus stoliczkae*
53　红嘴山鸦，英文名：Red-billed Chough
　　拉丁文名：*Pyrrhocorax pyrrhocorax*
54　大石鸡，英文名：Rusty-necklaced Partridge
　　拉丁文名：*Alectoris magna*
55　红耳鹎，英文名：Red-whiskered Bulbul
　　拉丁文名：*Pycnonotus jocosus*
56　暗绿绣眼鸟，英文名：Swinhoe's White-eye
　　拉丁文名：*Zosterops simplex*
57　噪鹃，英文名：Asian Koel
　　拉丁文名：*Eudynamys scolopaceus*
58　领角鸮，英文名：Collared Scops Owl
　　拉丁文名：*Otus lettia*
59　小鸥，英文名：Little Gull
　　拉丁文名：*Hydrocoloeus minutus*
60　红嘴鸥，英文名：Black-headed Gull
　　拉丁文名：*Chroicocephalus ridibundus*
61　海南鳽（其他常用名：海南虎斑鳽），英文名：White-eared Night Heron
　　拉丁文名：*Gorsachius magnificus*
62　硫磺鹀，英文名：Yellow Bunting
　　拉丁文名：*Emberiza sulphurata*
63　灰头鹀，英文名：Black-faced Bunting
　　拉丁文名：*Emberiza spodocephala*
64　绿头鸭，英文名：Common Mallard
　　拉丁文名：*Anas platyrhynchos*
65　栗树鸭，英文名：Lesser Whistling Duck
　　拉丁文名：*Dendrocygna javanica*
66　黑水鸡，英文名：Common Moorhen
　　拉丁文名：*Gallinula chloropus*
67　扇尾沙锥，英文名：Common Snipe
　　拉丁文名：*Gallinago gallinago*
68　大鸨，英文名：Great Bustard
　　拉丁文名：*Otis tarda*
69　橙胸姬鹟，英文名：Rufous-gorgeted Flycatcher
　　拉丁文名：*Ficedula strophiata*
70　灰翅鸫，英文名：Grey-winged Blackbird
　　拉丁文名：*Turdus boulboul*
71　红腹角雉，英文名：Temminck's Tragopan
　　拉丁文名：*Tragopan temminckii*
72　大鵟，英文名：Upland Buzzard
　　拉丁文名：*Buteo hemilasius*
73　猎隼，英文名：Saker
　　拉丁文名：*Falco cherrug*
74　高山兀鹫，英文名：Himalayan Vulture
　　拉丁文名：*Gyps himalayensis*
75　胡兀鹫，英文名：Bearded Vulture
　　拉丁文名：*Gypaetus barbatus*

76 金雕，英文名：Golden Eagle
拉丁文名：*Aquila chrysaetos*

77 赭红尾鸲，英文名：Black Redstart
拉丁文名：*Phoenicurus ochruros*

78 蓝额红尾鸲，英文名：Blue-fronted Redstart
拉丁文名：*Phoenicurus frontalis*

79 红喉歌鸲［其他常用名：红点颏（ké）］，英文名：Siberian Rubythroat
拉丁文名：*Calliope calliope*

80 白顶溪鸲，英文名：White-capped Water Redstart
拉丁文名：*Phoenicurus leucocephalus*

81 北红尾鸲，英文名：Daurian Redstart
拉丁文名：*Phoenicurus auroreus*

82 鸲姬鹟，英文名：Mugimaki Flycatcher
拉丁文名：*Ficedula mugimaki*

83 怀氏虎鸫，英文名：White's Thrush
拉丁文名：*Zoothera aurea*

84 北灰鹟，英文名：Asian Brown Flycatcher
拉丁文名：*Muscicapa dauurica*

85 琉球山椒鸟，英文名：Ryukyu Minivet
拉丁文名：*Pericrocotus tegimae*

86 亚历山大鹦鹉，英文名：Alexandrine Parakeet
拉丁文名：*Psittacula eupatria*

87 小葵花凤头鹦鹉，英文名：Yellow-crested Cockatoo
拉丁文名：*Cacatua sulphurea*

88 绯胸鹦鹉，英文名：Red-breasted Parakeet
拉丁文名：*Psittacula alexandri*

89 红领绿鹦鹉，英文名：Rose-ringed Parakeet
拉丁文名：*Psittacula krameri*

90 暗腹雪鸡，英文名：Himalayan Snowcock
拉丁文名：*Tetraogallus himalayensis*

走！

跟着山鹰观鸟去

大自然博物记

朱敬恩 著

SPM
南方传媒
广东科技出版社
全国优秀出版社
广州

目录

新疆维吾尔自治区

甘肃省

01 呼唤春天的"四大金刚" 001

02 "雉"手可热峨嵋峰 007

03 天降"双黄"好运 017

04 长海"三剑客" 025

05 大秦岭上的小小鸟 031

06 蒙面歌王 039

07 榕树王国的鸟居民 045

08 台湾岛上的"鸟中帝后" 051

09 穿华服的紫水鸡家族 057

10 胡杨林中的鸟江湖 065

11 闽江口寻国宝 073

12 鸟儿的桃源乡 077

上海市

13	十月鹰飞	081
14	红海滩上遇仙鹤	089
15	舞动的精灵 ——太阳鸟	095
16	黄土高坡上的鸟儿茶话会	103
17	大树上的小鸟公寓	111
18	迷你明星小鸥	117
19	为了保护,选择保密	123
20	和硫黄鹀捉迷藏	131
21	春日里的稀客 ——栗树鸭	139
22	安能辨我是雄雌 ——大鸨	145
23	神农架鸟鸣如歌	155
24	三江源猛禽的"廉租房"	163

四川省

云南省

中国台湾

陕西省

25 王者花落谁家 169

26 辛苦育雏的鸟爸鸟妈 177

27 红裙飘飘的北红尾鸲 185

28 飞越海洋的小小鸟 ——琉球山椒鸟 191

29 香港公园里的瑰宝 ——小葵花凤头鹦鹉 195

30 隐形大师 ——暗腹雪鸡 203

"知识扩展"索引附录 209

部分照片拍摄者名录 210

01

呼唤春天的 "四大金刚"

三月初的上海春光尚浅，小区里的珠颈斑鸠已经叫得让贪睡的人无法入眠。惊蛰虽然过了，但一场倒春寒就能轻易让人感觉回到严冬，手脚继续畏畏缩缩起来。倒是这些鸟儿，开始从早到晚不停歇地讲述着春天的故事，对刺骨的寒风和飘零的冷雨全都置若罔闻。

珠颈斑鸠 **1** 在上海很常见，是上海鸟友嘴里的"四大金刚"之一。其他"三大金刚"分别是白头鹎、乌鸫和麻雀。

麻雀 **2** 大约是全国人民都认识的鸟儿，对很多人来说更是他们唯一认识的小型野生鸟类。很多人即便说不出麻雀外表的细节，比如脸上有个明显的"黑痣"，但遇到之后依然能认出来。麻雀可能也是他们唯一观察过的

⊙ 上海市

1

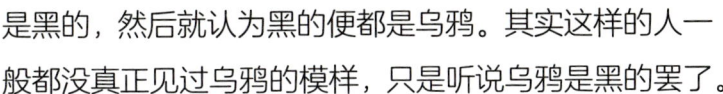

野鸟——胆子大、靠近人居。

至于乌鸫和乌鸦，除了都是一身的黑色，两者完全不同，但总被混淆。人们都知道乌鸦是黑的，然后就认为黑的便都是乌鸦。其实这样的人一般都没真正见过乌鸦的模样，只是听说乌鸦是黑的罢了。

好在黄嘴巴的乌鸫 **3** 会唱歌，而且婉转动听，被中国的古人称为"百舌鸟"。人们听说乌鸦黑，也听说了乌鸦的叫声聒噪难听，所以如果听到了乌鸫的叫声，心底难免疑惑。一旦开始质疑，求真的欲望被乌鸫美妙的歌声所激发，他们就离真相不远了。

喜欢站在树顶的白头鹎 **4** 是很受人欢迎的，橄榄绿的色彩谈不上漂亮，却很耐看，叫声谈不上动听，却也还入耳。更关键的是，国人想象力丰富，又对各种吉祥如意的寓意痴迷，对它那一头"白发"甚为喜爱——因为"白头偕老"。所以 1949 年前中国的结婚证书上就印

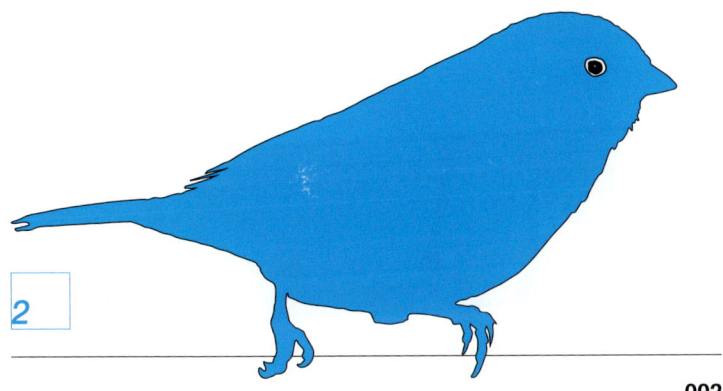

2

着两只白头鹎。仔细一想，持久的婚姻可不就是白头鹎的那个样子么——可能一切都不尽如人意，但一切又都足够满意。

我写这段文字的时候，一只白头鹎刚好跳到窗台上。我们隔着玻璃彼此对视，它歪着头用嘴敲了敲玻璃，或许是表示同意我的看法。

惊蛰已经过了，春天终究还是会来的。人类是最聪明的，聪明到可以躲进四季安逸的房间里，避开春寒料峭，静静地等着春天真的到来之后，再舒舒服服地享受春天的温暖和抚慰。可那些大自然里的动植物不同，大约是深刻体会过严寒的痛苦，它们就是如此一根筋地渴望着春天，执着地呼唤着、期待

3

着，甚至让这种呼唤和期待本身也成为春天的一部分。比起躲在屋子里的聪明的人类，我更喜欢它们。

4

知识扩展

● 乌鸦是鸦科鸦属中鸟类的俗称。乌鸦有很多种，中国北方地区常见的大嘴乌鸦、小嘴乌鸦、秃鼻乌鸦和主要在青藏高原上生活的渡鸦确实都是黑色的。也有很多种其他颜色的乌鸦，比如国内主要分布在新疆的寒鸦就像穿着银灰色的貂皮领子；岭南以北、青藏高原之外都有机会看到的达乌里寒鸦的颈环和腹部都是白色的；中国南方常见的白颈鸦脖子也是雪白的。还有一些乌鸦，比如红嘴山鸦、黄嘴山鸦，听名字就知道，尽管其羽色是黑的，"唇膏"的颜色却异常鲜艳呢！

02

"雉"手可热
峨嵋峰

福建泰宁的峨嵋峰海拔 1 700 余米，位于武夷山脉的中段。山中溪水潺潺，林相丰富饱满，车行其中，如陷入色彩深浅不一的翡翠山谷。在这么好的环境里观鸟，本就是一种享受，何况我一日之内看到了 5 种雉类！观鸟界有"一雉抵十鸟"之说，足见此行不虚。

欣喜之余，我们继续铆足了劲找鸟。可谁能想到，车还没开出一百米，同伴又猛踩了一脚刹车："鸡！"其实不用他喊，我也留意到了。

一大群白鹇 5 就在车左侧的山谷里慢悠悠地刨食。离我们也就五六米，虽然竹子总会遮挡住一点它们的身体，很难拍到完美的照片，但并不妨碍观赏——这一只尾羽上的条纹看不完整，可以看另一只嘛！看不到那一

⊙ 福建省

只冠上簇羽的光彩，旁边不是还有一簇在闪着深海一样
的蓝色吗？涨红的脸和青花瓷一样的翅膀，白鹇的雄鸟
绝对是华丽骄傲的贵族派头。雌鸟则低眉顺目地跟在雄
鸟周围，安心地埋头觅食。我细数了一下，光雄鸟就
有11只，真乃盛况！我们轻轻地启动了车，想稍稍换
个位置，群鸟却似乎有所警觉，先慢慢地踱步离开，
然后几只性急的干脆飞了起来，其他的紧随其后。
霎时间竹海上空如仙子下凡般白衣飘飘，看得人
有些痴痴的，全然没想到要去拍下那惊鸿翩翩。

　　车子继续上山，同伴突然身子一低，半趴
在方向盘上说："大鸡！"

5

　　车前20米左右，在一片近乎裸露的山坡上，黄腹角雉 6 凭借身上的保护色与山体几乎融为一体，但饮水刨食的动作出卖了它。那黄腹角雉乖得很，似乎对车子已经习惯，缩着脑袋的时候，就像一枚巨大而泛黄的卵，不过背部和尾巴上红与黄交织的众多圆点又好像是一幅秋收的现代派画作，画中是某个淘气的孩子站在草垛上打落的无数红枣儿。只见它黑色的大背头，两根橙红的辫子此刻服帖地耷拉在脑后，同样橙红色的脸与下巴上橙、红、蓝三色相间的肉垂连为一体——没有雌鸟在场，它自然也不肯将那肉垂鼓胀成

炫奇的大花帘子，因为那样做实在是太费力气了！

我们一点点地靠近，它也不甚畏惧。直到双方距离 10 米左右时，它才不紧不慢地沿着斜坡往上走，拖着它那布满黑黄密纹的尾巴渐渐消失在丛林里。转眼间，又看到黄腹角雉的雌鸟在车边飞过，刚才光顾着看漂亮的雄鸟，竟然完全忽略了近在咫尺的雌鸟——也不能怨我，雌鸟一身褐斑的保护色实在是太强了。

才刚过 9 点就看见了三种雉，这是之前完全没想到的。天翁真是作美，山下和山顶上的雾气都还没有彻底散去，偏偏就中间这一段有阳光斜斜地照着，勺鸡、白鹇、黄腹角雉简直毫发毕现，看得是百般真切。若没有这大雾，它们通常会害怕天空中的猛禽，躲在林子里不肯随便出来；若雾太浓，即使遇到它们也未必能看得仔细。不得不说，实在是上苍眷顾！

峨嵋峰山腰公路以下是比较单一的竹林，竹海的碧浪向上蔓延的趋势在盘山公路和海拔的双重阻隔作用下停歇了，阔叶林开始展现它的魅力，看上去层层叠叠，如千张华盖遮蔽着大山的肌肤。在接近山顶处，阔叶林也渐渐消失，黄山松开始展露它的苍劲虬枝。

九仙湖在峨嵋峰山脚下，那也是个观鸟的好去处，而且可一边漂流一边观鸟，别有乐趣。九曲十八弯的水在丹霞地貌的世界里打转，在开满石斛的崖壁之下，在

6

"雄"手可热峨嵋峰

漫长的一线天中，在阳光把水波荡漾成金色的石壁旁，竹筏推开天地的静瑟，闯进山与水的情意绵绵之中。而天空中，是林雕盘旋的羽翼！岸边废弃的农田里，环颈雉 **7** 在高飞，拖着长尾，如霓虹一道，正没入森林的怀抱。

人行车道，有鸟在野。爱，从来都不是一种打搅，对吧？

人间四月天，峨嵋峰里的杜鹃花开得蓬勃如锦绣。红色的，热热闹闹，有着火一样的热烈；素雅的，胜过雪一般的洁白；粉色的，像少女的脸庞，有说不完的娇媚；还有那紫色的，带着让人妒忌的傲气，酣畅淋漓；更别说映山红了，所谓"一株红映山，不枉映山红"。这满山遍野的繁花似锦全都是我观鸟时的背景，如果这还不算幸福，那我真不晓得幸福在哪里了。

知识扩展

鸟导

●鸟导，是指以带领别人观鸟或拍鸟为生的人。在自然探索比较发达的国家和地区，这是一种很常见的职业。国内从 2000—2010 年鸟导仅有数人，近年规模有所壮大，全职鸟导目前已有数十人的从业规模。

中国是雉科鸟类分布中心

●雉类一般个体硕大，色彩艳丽，中国是全世界雉科鸟种最多的国家，但雉类习性通常较为隐秘，在野外并不容易观察得到，所以在观鸟界有着"一雉抵十鸟"之说。鸟友习惯将雉科鸟类统称为"鸡"，因而也称之为"一鸡抵十鸟"。●家鸡是由原鸡（也是一种雉类，国内主要生活在西南及华南地区的森林里）驯化而来。

大自然博物记

03

天降"双黄"好运

我在四川九寨沟的犀牛海边，正沿着水边的木栈道缓缓地行走，期待着鸟儿像神话故事里忽然出现的白犀牛那样，飞到我们眼前。

我的左侧是泛着翡翠之光的湖面，右边是稀疏的山林，阳光偷偷地将林间的积雪藏起很多，树枝上残留的叶子还带着秋的最后一点火热。红尾水鸲和白喉红尾鸲在水边低匐的枝头间跳跃。它们很靓丽，仿佛一片片顽强的红叶，在隆冬的大地上飞舞，倔强地要给世界增添一份色彩。

我恍惚间回到若干年前第一次在雪山边观鸟的情景：那是在四姑娘山的长坪沟，我骑马蹚过一条小河，转了个弯，一抬头，除了雪山雄浑，还有就是眼前树枝

⊙ 四川省

上忽然出现的几只白斑翅拟蜡嘴雀。可惜当时人在马背上颠得厉害，看得不够过瘾。

这边正想着，那边头顶忽然就来了一群鸟儿。逆光看虽然黑乎乎的，不过可以确定其造型是蜡嘴雀无疑。我用望远镜锁定它们，脚下轻轻地转移角度。好家伙，有雄有雌！雄鸟的黑头和黑翅膀之间藏着一个橙黄色的身子，脖子一伸，也是明艳艳的黄；雌鸟的头和翅膀沾点灰色，身上的黄也要淡一些，就好像养殖场的鸡蛋蛋黄与土鸡蛋蛋黄颜色之间的差别。如此看来，必是黄颈拟蜡嘴雀 **8** 无疑了！我心中大喜，这可是我的新目击纪录啊！

可能是知道我对它们爱慕有加，这些小东西干脆尽情地在枝头大秀特秀，到最后觅食是假，互相亲热起来是真了。一只一只慢慢地看过去，咦，分明有一只不一样，浑身斑斑点点的，这不是白斑翅拟蜡嘴雀的雌鸟吗？而旁边那只黑头黑背、翅膀有斑纹的显然是她老公嘛！这下，当初四姑娘山上留下的遗憾被彻底扫光。

我身边的人忍不住欢呼了几下，结果惊起了林间一道巨大的黄色鸟影！天啊！那圆润的翅膀和大脑袋肯定是猫头鹰！难道是灰林鸮？眼见它身子一挺、翅膀一收，落到一根树干上，但我刚要举起望远镜，它又纵身一跃，振翅飞到山坡背后。太可惜了！

8

我不甘心！好不容易看到一只"大猫"，怎么可以仅仅是惊鸿一瞥？但没有更好的办法，把所有的沮丧都化成紧盯不舍的眼神，在林子里继续搜索吧！然后，我真的看到了！还有一只！可是我还来不及告诉旁人，它竟然也飞了起来！

这是怎样的哀痛！此刻，它无声无息地掠过的每一根松枝仿佛都在鞭打我的心！"停！停！停！"祈祷是眼下唯一的选择。鸟神保佑！它在即将飞越山脊前犹豫了一下，然后真的停了！

看着我无声地手舞足蹈和欣喜若狂的样子，大家也都明白了，赶紧架好单筒望远镜。可它似乎故意要调戏我们，森林里的枝丫又好像重重帘幕，完全没有合适的观察角度，真是要活活把人逼疯的节奏！

在无奈的无意中，我轻轻地往右边跨了一小步，一抬头，30米外，一根枝杈空出的三角地带，"大猫"

9

完完整整地蹲在那里，正扭头瞪着我们！不是灰林鸮！黄澄澄的大眼睛，长而平的独特耳羽，浑身浓重的墨点状纵纹，无一不在告诉我它是鸮中的特立独行者——黄腿渔鸮9！赞啊！它浑然是一位头戴斗笠、身披蓑衣的江湖大侠！你看它浓眉深锁，双目精光毕现，似乎随时一出手便会惊天动地。

黄腿渔鸮是众多观鸟者眼里梦一般的鸟，因为它通常只有夜间才在山区的溪流里捕食鱼类，白天都会躲起来睡大觉，并且因为它的羽色和山里的岩石几乎可以融为一体，人们很难主动发现它们。没想到在九寨沟，我能一饱眼福！

黄颈拟蜡嘴雀、黄腿渔鸮，今日有此"二黄"，足矣！

天降"双黄"好运

知识扩展

●猫头鹰是民间对鸮形目鸟类的统称。尽管大多数猫头鹰经过漫长的演化确实可以在夜晚捕食，但还是有一些猫头鹰保留了白天活动的习惯，如领鸺鹠，雪鸮、猛鸮等；还有一些主要喜欢在晨昏活动，如纵纹腹小鸮、斑头鸺鹠等；以晨昏和夜间或者基本只在夜间行动、白天睡大觉的猫头鹰有鬼鸮、长耳鸮、短耳鸮，以及鹰鸮、褐林鸮、灰林鸮、黄腿渔鸮、雕鸮等。

大自然博物记

04

长海"三剑客"

九寨沟里最气势磅礴的景观是长海。

冰封的长海犹如神秘的北境王国，山林里的五彩池汇聚了世间最深邃的祖母绿的颜色，红桦卷起的树皮闪亮如旌（jīng）旗。这里的大山沉默刚毅，森林广袤温婉，每次来九寨沟，我都会来这里，不仅为美景，也为观鸟——这里是"三剑客"经常出没的地方。瞧，它们来了。

黑额山噪鹛 10 此刻就在我眼前闲庭信步，白眉朱雀在树枝上的地衣间觅食，橙翅噪鹛更是几乎就要跳上我的肩膀。

别看这三种鸟都不怕人，相信我，其实它们性格迥异。

橙翅噪鹛 11 在西南地区比较常见，只要进山，就会发现它们几乎无处不在。初看喜其彩翅之美，再看惊其小白眼之凶，三看、四看之后便完全被它彪悍的性格所震撼——真的是对人无所畏惧啊！

白眉朱雀12当然要害羞得多，总躲在逆光之处。当它觉察到我在渐渐地靠近，小翅膀"嗖"地一扑，便落到稍远一点的树枝上，始终保持着谨慎、友好但绝不肯亲密无间的距离，好像恪守外交礼节一般。然而它总是这样不大肯信任我，又让我觉得有些恼火。"不就是个麻雀刷点红漆嘛！"我心底这么想着，白眉朱雀不知怎么就听到了，猛地冲了过来，落在我眼前。好吧，你是在桃花里打了个滚，用梨花贴的眉纹。美！美！你美还不行么！

黑额山噪鹛的脾性介于二者之间。作为中国特有种的它，数量不多，分布区域狭窄，性格也有些不爱搭理人，总是在勤勤恳恳地追逐着它的食物，但也不会太在意我们对它的围观。与橙翅噪鹛相比，它没有闪着辉光的彩翅，却有着让人觉得温暖的粉嘟嘟的胸脯和黄澄澄的屁股；它的小嘴是一弯月牙黄，小白脸配上黑额头，过眼纹如黛，时尚又略显俗气，大约是那种初次去看时装秀的新贵妇人，不确定该怎样打扮才好。

不过，生在自然之中，怎么可能学不会装扮自己呢？你看九寨沟里如彩绸飘飘的各种海子，她们敞开心

怀，让群山汇聚成束衣的腰带；她们信手拈来，将那些老树枯丫幻化成头钗；她们身躯轻转，裁出一段瀑布织就蕾丝的裙摆。"融入，且相得益彰"——这便是与世间最好的相处方式。

知识扩展

特有种、窄域分布、岛屿鸟种分化

●特有种是指仅在某个区域内有分布的鸟类。比如"台湾画眉"，仅在台湾岛有分布。台湾岛面积也很小，所以也可以称之为一种窄域分布的鸟类。台湾岛是个岛屿，台湾画眉与中国大陆广泛分布的画眉之间具有很强的亲缘关系，但是长期的地理分割致使它们在演化上达到了种的差异，这种现象就可以称之为"岛屿鸟种分化"。

大自然
博物记

05

大秦岭上的小小鸟

七月，我们决定去秦岭观鸟。

杜鹃林里早已经没有了鲜花盛开的璀璨，扭曲倔强的枝条和蜡质的叶子网罗成一个密不透风的世界。若不是依稀有人声传来，我们真的要怀疑自己是否已经走进了密林深处，深到可以触摸秦岭的灵魂。

空中传来"嘎嘎"的叫声，我跑出林子，看到蓝天下，一只接着一只地飞过黑翅膀、白屁股的大家伙，看来是到了星鸦13们小聚去喝下午茶的时间了。它们披着星光闪耀的玄衣，停在一株秦岭冷杉上，用那带着狡黠的眼神瞥了我一眼。

一只酒红朱雀14雄鸟停在另一株冷杉的顶端，那色泽看一眼人就会醉——它是绿色世界里的一滴葡萄酒，

是绚烂的晚霞最后一抹竭尽
全力的奔放。一只普通朱雀
从脚下飞过，依旧红艳，却
清淡了几分，如朝霞被裁下
了一片。酒红朱雀雌鸟也来
了，浑身皆是褐色，细腻得
仿佛是一块千年的古玉，沁
满大地的情怀。那些说它不
起眼的人，可能是还没有弄
懂岁月与大自然的对话吧。

　　秦岭的太白山，夏
季游人如织，我走
到了鲜有人

13　14

大秦岭上的小小鸟

问津的北坡，在空寂的道路上印上自己的影子。

　　大山之上，郁郁莽莽。鸟在我们视线范围之外逍遥地歌唱着，而我们只能从偶然飞过头顶的灰头灰雀的鸣叫声中感受"发现"的快乐。眼前的这一只棕胸岩鹨 15，它还是个少年郎，也像少年那样没有烦恼，一心唱着它喜爱的歌，不肯停歇。它将我们的脚步拽过去，又用胸口一抹温暖如夕阳的橙色定格了我的眼神，令我的脚步再也挪不开。

　　本以为两种朱雀和灰头灰雀已经是此行收到的最好礼物，却在山路转角之处，撞见一群正在淡然

15

大秦岭上的小小鸟

踱步的雉类。

　　我们有些不敢相信自己的眼睛！这是一种我只在海拔4 000米以上地区才见过的鸟儿，黑冠微耸，眼如金星，浑身似柳叶带血，碧中嵌赭、赭中冒红，一对朱足每迈一步都尽显气宇轩昂——血雉16，它是多少观鸟者梦寐以求的鸟儿，就这样毫无征兆地出现在我面前。

　　来不及感慨，唯有用望远镜和相机锁定它们的每一个细节：抬足、伸首、低头、刨土、啄食、呼唤、追随、抖翅……这是一个家庭，父母和孩子之间紧随有序，那闲庭自若的神态分明在炫耀：这山林是它们家的后花园。

16

又一只星鸦在头顶大叫着掠过。在与它幽深的眼神碰撞的瞬间，我忽然明白，原来它们是山神的使者——下午在冷杉树上对我们的凝望，不是狡黠的戒备，而是智慧的考量。一定是它报告了我们的诚心，才有这山神的厚重大礼。我无法言谢，只能向它们逝去的背影再一次行注目礼。

翌日坐索道，看群山在眼前摇摇晃晃，森林在身边忽闪而过，更惊喜的是，昨日偶遇的血雉一家竟然在我的缆车下缓缓走过。这大秦岭里的小鸟与我，缘来，妙不可言！

知识扩展

亚种，血雉的各个亚种

● 分类学专家们总是先定义一个种，然后再定义亚种。亚种是次于种的一个种级分类等级，为国际动物命名法规所承认的最低分类等级。不同亚种通常是由于地理隔离导致生殖隔离而发展成为新的物种，但同种生物的不同亚种之间可以交配繁殖可育后代。例如：北美灰狼和家犬（黄种人和白种人只是一种文化概念，并不是生物学上的亚种）。一般来说，种内两个异域分布的种群，彼此间在分类上互有差异，而其差异个体至少达到种群总体的75%，即种群 A

中有75%的个体不同于种群B中的全部个体，则可认为这两个种群是不同的亚种。

●以血雉（*Ithaginis cruentus*）为例，由于其基本只生活在高山区域，所以逐渐形成了12个亚种，我国均有分布。包括绿翅组（雄鸟翅上大覆羽绿色或沾绿色，头和胸沾红色，眼后羽毛并不特别延长为显著的羽冠，包括 *I. c. cruentus*、*I. c. tibetanus*、*I. c. affinis*、*I. c. marionae*、*I. c. rocki*、*I. c. clarkei*、*I. c. kuseri*、*I. c. geofroyi*）分布于西藏、四川西部和南部、云南、青海中部和南部；棕翅组（雄鸟翅上大覆羽棕褐色，头和胸无红色，眼后羽毛特别延长成羽冠状，包括 *I. c. sinensis*、*I. c. berezowski*、*I. cbeicki*、*I. c. michaelis*）见于青海东北和西北部、四川北部、甘肃和陕西南部。笔者觉得，亚种的存在，为鸟类观察增添了很多乐趣。在看完所有血雉亚种的同时，中国西部壮美的山河自然也会尽收眼底。

大自然博物记

06

蒙面歌王

高黎贡山百花岭的旧街子，历史上是茶马古道的一部分，颇为繁荣，如今作为商道早已废弃，空留残垣断壁隐没在荒草和树林之中。不过，旧街子的位置十分独特，位于山中朝东的开阔地，远眺群山，下临深渊，后连垭口，是山中的鸟道，自然也是观鸟的好地方。

我在旧街子观鸟的时候，一只神秘的鸟儿一直在周围歌唱，曲调明亮又婉转，嗓音如清泉水，又好似拨弦琴。可恼的是我苦寻不着它。

不会是身着红袍的酒红朱雀，因为沉默才符合它高冷的气质；也不会是蓝眉林鸲，自知身上的蓝比波罗的海的海水还要明艳，它素来只是细细地哼上几声，便足以引得其他鸟儿嫉妒心大起；至于灰林鵰就更不可能了，它用一个渴望成名的龙套所拥有的耐心，在眼前的枝头上动也不动，除了倔强而笨拙地挤进我们的视野，在"怎样利用歌声来吸引注意力"这件事情上，它完全不得要领。

这位神秘的歌唱家一定是饥饿营销的大师：它一刻不停地撩拨着你的好奇心，起先是让你心痒痒，后来简直就是心塞，最后几近愤怒，发誓无论如何一定要寻个究竟。

寻着寻着，长尾奇鹛17来了，丽色奇鹛18来了，云南最常见的黑头奇鹛19也来了。有了这些奇鹛，原本就热闹的旧街子，俨然成了一场永远不知何时谢幕的舞台剧。我这才想到，先前神秘的叫声莫非也来自它们中的一员？可惜，当我们侧耳聆听时，那叫声却不知道什么时候已经在这满山悦耳的鸣唱中悄悄地消失了。

眼前长尾奇鹛的尾巴很长，仿佛中世纪法国女人收起来的裙摆。丽色奇鹛并不见得怎样美丽，和其他奇鹛差不多，介于鼠灰与天青色之间，只有在阳光下才隐隐地显露出棕褐色的小腹部和尾羽，像一位正打算出门的威尼斯贵妇，还戴着黑色天鹅绒眼罩。黑头奇鹛就像是灰色版的灰喜鹊（灰喜鹊其实是蓝灰色的），黑和灰，搭配得相当顺眼，犹如一股来自英伦的老派作风……我正遐想联

翙，眼前的这只黑头奇鹛忽然开始歌唱。天哪！那不正是之前让我苦苦寻觅的神秘歌声么！众里寻他千百度，蓦然回首……

最"神秘"的鸟儿，原来就是这里最常见的鸟儿！百花岭的旧街子，着实让我们喜出望外，又大跌眼镜。旧街子的集市早已湮没在历史的长河中，可旧街子并不旧——你来到这里，有百花盛开，有百鸟相伴，有流云飞舞，有万山巍峨，有清清长风，有暖暖阳光，哪一天不是崭新的呢？

17

知识扩展

●鸟类的鸣声包括鸣叫（call，也称叫声）和鸣唱（song，也称歌声），是由鸟类鸣管发出的声音。

●鸣叫相对短促、简单，一般用于通讯、警戒和族群识别，鸟类一般全年不论雌雄均可鸣叫；比较特殊的鸣叫是模仿音，如黑卷尾能通过模仿天敌的叫声来驱赶其他鸟类，棕背伯劳会模仿山雀类的鸟鸣，吸引其他小型鸟类现身然后将其擒获等。

18

●鸣唱相对复杂，一般用于保卫领地、求偶和配偶识别，多见于繁殖季节。许多鸟类只有雄性能够鸣唱，但部分鸟类雌雄均可鸣唱。动听的鸣唱往往需后天学习才能获得，因此我们可以观察到，画眉雄鸟会不停地练唱、比唱。

●协同进化（coevolution）：由美国生态学家埃利希（P. R. Ehrlich）和雷文（P. H. Raven）1964年研究植物和植食昆虫的关系时提出的学说，指一个物种的性状作为对另一物种性状的反应而进化，而

19

后一物种的性状又对前一物种性状的反应而进化的现象。这种相互依赖的关系有时甚至协同进化出了令人惊讶的现象：动植物中的一方仿佛完全是为了适应另一方而存在（如有些蝴蝶的口器刚好适合兰花的唇瓣，一些花筒的长度和形状恰巧与某种采蜜蜂鸟的喙相吻合等）。

07

榕树王国的
鸟居民

  在我居住的厦门，独木成林的榕树并不罕见，但是在云南盈江县那邦镇，眼前的一棵树长成一座殿堂的壮阔情景，还是深深地震撼了我。这株"榕树王"究竟何年何月生已不再重要，它俨然是一位神灵，承载着一方百姓的祈福和祭拜。红缠头挂满了枝头，借着山风，在山林里如触手一般，捕捉一段又一段的心事。

  我的心事很简单，无非是多看些没见过的鸟儿。"榕树王"听到我们的心声，于是派出了信使。那是一只蓝色的小鸟——

山蓝仙鹟[20]，它骄傲地挺着橘色的肚皮，在枝头瞪着大大的眼睛打量着我们。可不承想，忽然冒出来一只白头鵙鹛[21]。

这个愣小子，一下子将山蓝仙鹟这位华丽的先行官撞得措手不及，落荒而飞。再看那只白头鵙鹛，仿佛是知道自己做了错事的小孩，红着眼睛赶紧躲到叶子背后，小心翼翼地打探着我，担心落得一顿责骂。

我怎么舍得呢？它像一位不懂得如何控制自己内心和力量的困顿少年，已经愁白了少年头，我们哪里还会忍心加重它的烦恼。

21

红嘴钩嘴鹛²²和棕头钩嘴鹛²³也在。它们一路紧跟着白头鵙鹛,看着它闹笑话,还一个劲地吹着口哨起哄,像《哈利·波特》里那对喜欢恶作剧的双胞胎兄弟(弗雷德·韦斯莱与乔治·韦斯莱),不过红嘴钩嘴鹛和棕头钩嘴鹛虽然看上去几乎一模一样,却是两种不同的鸟,所以最多算堂兄弟。我觉得它们是"榕树王"派来暗中保护白头鵙鹛的,就像在魔法学校里对哈利·波特和他的小伙伴们给予了各种暗中支持的双胞胎兄弟,内心善良得很。

22

鸟儿与人的世界并不相同，黄腹冠鹎[24]大约是最有体会的。多美的一种鸟儿啊！明黄的腹部、芥子色的翅膀，就像穿了御赐黄马褂一般闪闪发光；浅蓝色的嘴如黎明前的天空，灰色的面颊冷酷到底，高高挺起的冠羽似菩萨指引众生的兰花指。再看看网络上的那些黄腹冠鹎照片，浅蓝色的嘴和灰色的面颊让它们看上去就好像一个秃头，原本令其骄傲的冠羽成了秃头上的几个顽固分子，御赐黄马褂看上去也好像只是裹了床黄色

23

的被单，十足的落魄相。人类总是自负地以为照片可以再现现实，但往往差距甚远。

榕树王背后是一条隐秘的山路。天色近晚，顺着山路往里走，森林越发地浓密起来，隔着头顶在树冠吵闹不已的发冠卷尾也渐渐没了声息。这里的笔筒树看上去与桫椤很类似，巨大的伞状剪影将我的想象带回远古时代。一只大盘尾拖着细长而扭曲的尾羽，从面前溪流的上空一闪而过，像魔幻世界里异装的巫师，让人过目不忘。

夕阳西沉，我的耳畔仿佛响起《动物世界》栏目里的声音："太阳已经落下，榕树王国又恢复了往日的宁静……"

24

知识扩展

鸟浪，为什么很多不同的鸟会同时出现？

● 原本静悄悄的山林毫无鸟类的踪迹可寻，突然间出现一群种类各异的鸟，可对那些经验不甚丰富的观鸟者而言，还没来得及看清楚其中的任何一只鸟，整个鸟群就已经喧闹着掠过，重新消失在森林里。这样突然一起出现又一起消失的鸟群被形象地称为"鸟浪"，更正式一点的说法叫做混合鸟群（Mixed-species bird flock），指的是不同种类的鸟出现在一个相对集中的空间范围，并大致朝着一个共同的方向移动觅食的现象。

● 鸟浪中的鸟可分为"核心种类"和"参与种类"。核心种类是混合鸟群中最常出现的种类，它们可以是"鸟浪"的召集者，通过鸣叫吸引其他种类的加入。在亚洲，这个角色往往由各种鹛类来承担，尤其是活动在冠层的雀鹛属；也可以是警惕性强的种类，如稍有风吹草动就报警的卷尾类。加入"鸟浪"的优势，被普遍接受的假说有两个：减少被捕食的概率和增加找到食物的概率。无论是发现天敌还是食物，多一只鸟就多一双眼睛，这并不难理解。

大自然博物记

08

台湾岛上的
"鸟中帝后"

中国台湾的风光哪里最美？我心里并没有数。台湾有什么鸟非看不可？我可是一清二楚，它在台湾的名声可谓无人不知、无人不晓，因为新台币1000元的纸币上就印着它——黑长尾雉[25]。

黑长尾雉是一百多年前才被发现的稀罕物种，如何就可轻易得见？好在此行带队的是有台湾"鸟爷爷"之称的吴森雄老师。吴老师是台湾岛上最早开始鸟类观察和保育工作的人之一，满肚子都是与鸟儿有关的故事。听他娓娓动听的一席话，便可让众人在开怀大笑之际，忘却阿里山七十拐八十弯的山路所带来的眩晕之感。然后，车，忽然就停了下来。

黑长尾雉的观赏地到了？我们陆续下车，路下方的

台湾岛上的"鸟中帝后"

山林就是黑长尾雉经常出没的地方。黑长尾雉往往会因为觅食而走上盘山公路，这也正是欣赏它们的最佳时机。只是等待良久，别说黑长尾雉，就连常见的林鸟也不曾看见一只，众人心底不免狐疑。在我等尚且忧心忡忡之际，车已抵达山顶，眼前光芒万丈，豁然开朗。

地上是谁？ 身披锦衣，眼灿如星，上有白眉若新月，下生白须似柳叶，宛如古龙武侠小说中有四条眉毛的陆小凤；而且上蹿下跳，来去自如，这轻功，就算是陆小凤都得自愧不如！枝头上又是谁？是金庸先生笔下的独孤求败么？傲立枝头岿然不动，一袭玄衣偏又装饰得斑斑点点，灿若星辰，一开口便让人听得心惊胆寒，噤口不言——玉山噪鹛26的娇美真不是吹的，星鸦的酷帅果然并非浪得虚名。刚才众人手里已经憋坏了的快门一时间"高歌猛奏"，直到这些鸟儿厌倦了做众人的模特，翅膀一扇，都去了云外。

25

被玉山噪鹛和星鸦提足了精气神后，我们对黑长尾雉的"不死之心"再度萌发，于是又回去蹲守。功夫不负有心人，不到5分钟，黑长尾雉雄鸟从我们侧后方的山林中突然走到了路边，起先略有迟疑，随即踱开方步在公路上横穿起来。只见它紫衣如墨，仰脖挺胸，眼周红若血色朝阳，眸藏繁星，犀利的眼神左蔑右扫，长尾如佩剑悬腰，气宇轩昂，果真一派帝王风范。等雄鸟在路对面开始觅食后，雌鸟也紧随而至。尽管与雄鸟相比雌鸟已是铅华褪尽，却依然在低调中蕴藏着奢华：羽纹细腻多变，褐、赭、红分染有序，步履

26

端庄优雅，绝不似有"野鸡"之称的雉鸡那般急促慌张。众人拍得屏息难耐，拍到俯卧在地，拍到手酸腿软，依然不肯罢休。

在台湾，黑长尾雉因为气度非凡，俗称"帝雉"。众人看到了这"鸟中之王"，不免就想看岛上的"鸟中之后"蓝腹鹇了。我们在车上讨论的话音未落，那蓝腹鹇27已经踱步到了路边，近在眼前，用肉眼也可以感受到它有多么光彩照人：它就是纵然白发如雪，却依然戴着大红墨镜，披着雪绸长巾，裹着彩虹妆点的幽蓝色套装，绝不放弃时尚领袖范儿的女皇。可它偏又是只雄鸟！好吧，那就屈尊做个"变装皇后"好了。没办法，

27

谁让绝大多数的鸟儿都是雄的比雌的艳丽呢！

阿里山中的蓝腹鹇还有一个故事，故事与在这里开民宿的佳县大哥他美丽的妻子有关。因为爱情，甘愿从都市嫁到深山后，面对每日打猎回来烹制美味野鸟的夫君，怀孕的妻子终于忍不住轻轻地问了一句："这么美丽的鸟，若是都被吃了，等我们的孩子出生后，还能看得到么？"猎户佳县大哥从此回头是岸，立志保育山林生态。他多年的坚持，不仅改变了族人捕猎野生动物的陋习，还赢得四方认同，众人齐力将深山里的黑森林变成如今台湾炙手可热的生态旅游景点之一。

或许最能改变世界的力量，就是爱吧！

知识扩展

生态旅游

● "生态旅游"是由世界自然保护联盟（IUCN）于1983年首先提出，1993年国际生态旅游协会把其定义为：具有保护自然环境和维护当地人民生活双重责任的旅游活动。通常认为，生态旅游一是强调要回归大自然，即到生态环境中去观赏、旅行、探索，接受环境教育，享受自然和文化遗产等；二是要促进自然生态系统的良性运转。不论是生态旅游者，还是生态旅游经营者，甚至包括得到收益的当地居民，都应当在保护生态环境免遭破坏方面做出贡献。

大自然博物记

09

穿华服的
紫水鸡家族

  云南鹤庆的草海湿地一共有三片草海，全都是碧草悠柔、绿水清冽。

  数不清的雁鸭和秧鸡，还有周围的村民，都将这里作为自己最闲适的家园。蓝天之下，山峦之脚，水岸边的树和倒影美得让人无以言表。高原硬朗的阳光催开了桃花的娇媚，热情地装点着眼前的一切；芦苇和残荷也生了风韵，恰如我一点点荡漾的心情。

  这片高原上最耀眼的植物，莫过于随处可见、蓝紫色的龙胆花，可是即便是龙胆花的浓郁也会输给紫水鸡闪亮的羽色——那是黄昏的天空忽然下起的翡翠的雨，是黛紫、宝蓝与青色交织的锦缎。究竟是谁给紫水鸡28定制的这身华服？我想问问它的"表亲"黑水鸡和白骨

 ◉ 云南省

顶是否知道答案，可浑身乌黑的它们都选择悄悄地回避，留下满湖的涟漪，在阳光下像一个个不断变大的耀眼的惊叹号！我忽然意识到，上天未必是不公平的：人类眼里无与伦比的华丽在给紫水鸡带来赞美的同时，也给它们带来意想不到的灾难——紫水鸡种群数量在近代急剧下降，而貌不惊人的黑水鸡和白骨顶则大体生存状态良好。

幸运的是还有这么一方水土上的人们，他们对美的尊重远胜过对物欲或口腹之欲的贪婪。此地世代居住的白族群众，以贸易和银器加工为生，富庶的生活也让他们远离了靠山吃山的原始生产理念，而是在青山绿水之中与万物和谐共处。草海边的钓鱼叟甩出一道道完美的银色弧线时，我看到的不是对自然无止境的攫取，而是一种闲逸相适、松弛有度的生活姿态。

与云南距离数千千米之遥的厦门，也生活着一种紫水鸡，起先人们以为它和鹤庆草海的是同一种，后来发现它们并不完全一样，因此被重新定种，命名为"黑背紫水鸡"[29]。位于厦门翔安跨海隧道大陆那一头的出口附近，有一个废弃的平原型水库（当地人称这里为"张埭桥水库"），是目前厦门最容易见到黑背紫水鸡的地方。

水库周边本是农田，略有坡度，挑对了角度看，俨然是一个小小的梯田景观。田间地头有几株大树，不仅

穿华服的紫水鸡家族

黑翅鸢、红隼这类喜欢抓田鼠的猛禽爱停在上面，鹗这种爱吃鱼儿的猛禽也觉得这里是不错的休息站。水库沿岸芦苇摇曳，香蒲挺立，水中有小岛，还有纵横交错的堤埂，岛与埂上密匝匝地长着很多灌木甚至乔木，湖面因此被分割成数片无法一览无余的隐匿区域。

自从人们在这里发现有黑背紫水鸡出没之后，来自各方面的关注度倍增，张埭桥算是出了大名。大家也都重视起这块湿地来，这块被农村拆迁地包围着的湿地一时半会儿算是保住了。业界常说"保护物种最好的办法就是对栖息地的保护"，所以这真的是一件令人开心的事情。

张埭桥水库湿地里的黑背紫水鸡种群数量逐年增加，它们比紫水鸡的胆子似乎要小一些，羽毛的色泽稍显暗淡，但依然可谓是一种美丽的鸟，吸引了众多的鸟类摄影爱好者前来。遗憾的是，并非每一个将镜头对准大自然的人，脑子里也充满了对大自然的尊重和爱护。先前好不容易建起了的围栏被拆得七零八落，茂密的芦苇丛被大刀阔斧地砍倒不少，一切都是为了减少遮挡，可以向湖面靠近、靠近、再靠近；如果靠近了还看不见，那就吼一嗓子试图吓唬鸟儿飞出来。还好，这里的黑背紫水鸡也算见过世面，不会搭理这样的人。

其实很多人都知道这种做法不应该，但又都觉得不是我干的，自己还能靠近一点拍张照片，所以心中虽有些小内疚，偷着乐却也是真的。我不想做那样的人。黑背紫水鸡就在他们背后的河沟里走过，他们却不知道；日常在湿地里行走的黑背紫水鸡飞到他们身旁的乌桕树上展翅晒太阳，他们也不晓得；看上去是素食主义者的黑背紫水鸡，在黄槿林边的浅水区里抓了一条罗非鱼在吃，这鲜为人知的一面他们更不会知道……

被砍掉的芦苇和香蒲年后还会继续萌发，围栏花点钱也能重新竖立起来，但让公众明白怎样才是正确对待湿地和湿地里生命的方式，似乎依旧任重道远。从鹤庆到厦门，紫水鸡和黑背紫水鸡与我们人类的故事，未来要怎样书写？

亲爱的读者朋友，你说呢？

知识扩展

观鸟、拍鸟的基本规则

● 目前并无全球统一的观鸟、拍鸟基本规则。以最早开展观鸟和拍鸟活动的英国为例，英国皇家摄影学会自然摄影组制定的《英国自然摄影师守则》强调的核心内容是"拍摄对象的福祉更重于摄影本身"。现将其引言和总则两部分列出以供参考。● 如使拍摄对象处于危险之中，则不应进行拍摄。其危

险包括干扰、物理伤害、引起不安、导致捕杀和降低繁殖成功率等风险。●许多鸟类受到法律特殊保护。必须遵守相关法律。●摄影者应熟悉拍摄对象的自然历史，为了能够避免对摄影对象的利益造成意外破坏，摄影者还应充分了解拍摄对象的其他自然历史。对拍摄物种及其栖息地毫无了解的人拍摄珍稀动植物的行为将会受到谴责。●任何人出于对某一地点的特殊兴趣而有意或鲁莽地对任何动植物、地质或地貌特性造成损毁或破坏，或有意或鲁莽地对任何上述动物造成干扰，均属不当行为，有些甚至涉及违法犯罪。●自然摄影实践者遵守正常的社会规范十分重要。在私有土地上开展工作之前应获得许可，并且不应对其他自然学者造成妨碍。在成为特别研究对象的地点和栖息地上开展工作时应与相关人员进行协调。●拍摄死亡、标本、人工繁殖、被捕获、人工喂养或遭受其他形式控制的样本也许确实具有价值，但不能宣称其处于野生或自由状态。

大自然博物记

10

胡杨林中的
鸟江湖

　　来到新疆之后我才听说"蚊灾"一词。6月，无论在克拉玛依市乌尔禾的郊外、阿勒泰地区布尔津的额尔齐斯河边，还是在阿勒泰市郊成片的胡杨林里，观鸟都不是一件惬意的事情。并非鸟少，而是叮人的蠓虫多，多到你想哭！

　　不过，大凡受了苦难，都好歹能有些收获；又或许，苦难本就是看护着珍宝的异兽，只有踩着它的身躯，你才能实现目标。胡杨林里，我心仪的鸟儿们，正鸣歌轻唱、翩翩起舞。

　　白背啄木鸟 30 最不容易被忽视的行为是怪异且不停的大叫，伴随着机关枪一样的快速钻木声。胡杨林里遒劲的古老树干都是它的餐厅。吃货大抵如此，只要可以

吃得不亦乐乎，是不在乎被我
们撞见其难看吃相的。它们黑白
相间的花翅膀一张开，便露出如雪的白背，
相比之下，鲜红的小红帽反倒没那么显眼。灰头绿
啄木鸟31的活跃度也不输于它，甚至更甚，连巢穴
也就筑在一人半的高度，还每每几乎跳到我们面前，
让望远镜成了废物。

　　最让人激动的是小斑啄木鸟32。我们正准备离
开之际，对讲机里传来队友发现小斑啄木鸟的消息。
不过小斑啄木鸟虽然在国内罕见，但没什么值得特别夸
耀的花纹和色彩，只是由于其个头小，显得乖巧可爱罢
了。它顺着一株笔直的白杨往上蹿，嘴里还叼着好几只

30

蛾子，显然育雏是它当前的头等大事。我们在树下围着它看或者拍照，却找不见藏着它宝宝的树洞，这才恍然大悟——它是害怕我们发现宝宝的位置，所以迟迟不肯回家。当然不能让宝宝挨饿，于是我们全部撤离。

胡杨林里昆虫多，以昆虫为食的小型爬行动物和鸟类自然也多，进而猛禽也不在少数。除了不够猛的猛禽黑耳鸢和看上去不够猛其实很凶的燕隼之外，褐耳鹰、长耳鸮和纵纹腹小鸮也是这里的常客。

如果说棕袍粉靴的燕隼是锦衣公子，褐耳鹰33便是一介儒将——青灰长袍罩着淡粉胸襟，宝珠在额，目耀橙金，腿长若竹，爪如金钩，不怒而威。连惯于欺负莺燕、流氓成性的大杜鹃，见到褐耳鹰大驾光临，在回避躲闪间竟然也有些慌不择路，险些撞上一枝横丫，一脸的狼狈。

31

32

　　胡杨林下多是沙地，周围一般也有些农用地，如果没有长耳鸮和纵纹腹小鸮，想必一到夜晚，跳鼠、大沙鼠之流会活得滋润又放肆。我们并没有看到成年的长耳鸮34，只看到一只尚不通鸟事的长耳鸮宝宝。它的大脑袋能以270°角来回转动，大眼睛冲着我们忽闪忽闪的，魅力实在难以抵挡，搞得我不得不屡屡按捺住自己伸手抚摸的冲动。当我们四目相对，我

33

简直要钻进它那深邃又充满好奇的眼神里。

纵纹腹小鸮35从树缝中探出头看热闹，眼睛都眯成了三角形，一副"奸猾"的嘴脸。可不一会儿，它大概是觉得我们太无聊，打了个哈欠，又变得憨态可掬，让人忍俊不禁。

我数次忍着蠓虫的攻击去各地的胡杨林，还有一个原因——在胡杨林的灌丛中，隐匿着众多的一流歌手。灰白喉林莺的三个音节如逐渐叠起的起伏山峦，而在最后的音节上，它们喉咙抖动得连肌肤都快露出来了。它们都这么拼了，你若还嫌弃唱得不够好，那就是你的不是了。

不过，也有遗憾。尽管叫声响彻胡杨林上空，我们最终还是

34   35

未能近距离一睹金黄鹂绚丽的容貌。也许是要等到秋风起时，黄叶漫天的胡杨林才肯将灿若金叶的金黄鹂展示给众生，才不怕它会抢了自己的风头。你听，金黄鹂那声声入耳的鸣叫，不正是她发出的一次次期待再相逢的邀约么？

知识扩展

鸟的分类

● 游禽（Natatores）：脚向后伸，趾间有蹼，擅长游泳或者潜水的种类，包括鸭雁类、鹏鹏、鹈鹕、鸬鹚等。● 涉禽（Waders）：具有"颈长、腿长、喙长"的特点，常在浅水区域活动的鸟类，包括鸻鹬、鹤类、鹭类等。● 陆禽（Landbirds）：足强健，擅长在地面奔走的鸟类，如鸡形目、鸽形目等。● 猛禽（Raptors）：掠食型或者腐食性鸟类，通常具有锐利的喙和爪，包括鹰、隼、雕等。● 攀禽（Scansores）：脚趾的排列为非典型性，脚趾常两前两后或者四个脚趾向前，或者虽然为常态足，但是趾基部存在并联的鸟类。● 鸣禽（Songbirds）：雀形目鸟类，体形较小，具有发达的鸣管和鸣肌，擅长鸣唱。

大自然博物记

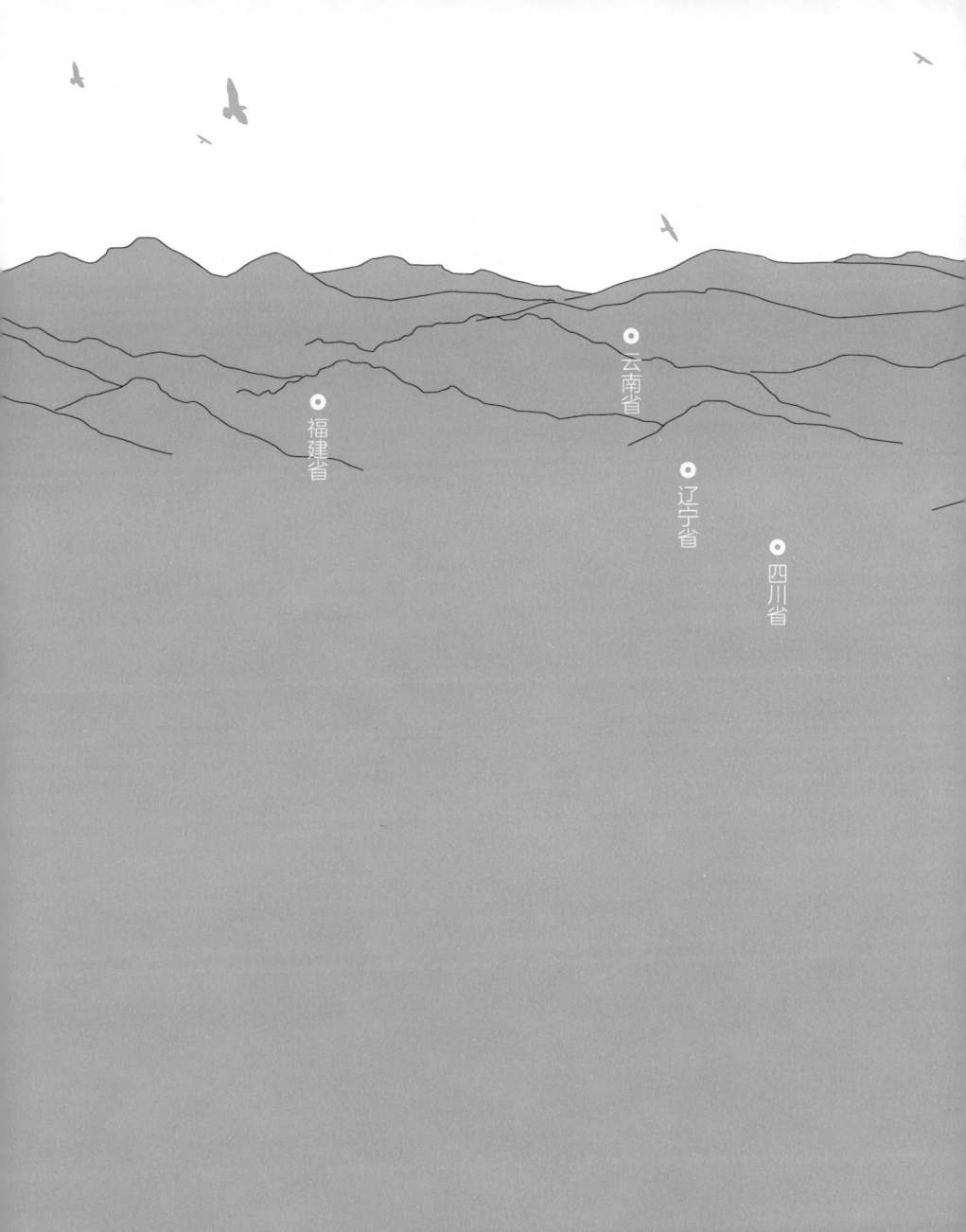

云南省

福建省

辽宁省

四川省

甘肃省

江西省

新疆维吾尔自治区

11

闽江口寻国宝

2006年夏，福建闽江口梅花镇的一个小渔港内，挤满了正在卸货的渔船，各种各样数不清的鱼混着冰块被装在一个个货箱里，在码头铺出一片耀眼的银色。

沿着浑浊的江水，我乘着一艘小木船，向闽江入海口的沙洲进发。那些扎根在江底的芦苇随着海上的微风荡漾着，一如我们这条小船摇动的节奏。前方会有怎样的收获呢？

终于，远远地看见一群大凤头燕鸥。它们头迎着海风吹来的方向，在江水与沙滩的交界处静静地休憩。忽然，透过单筒望远镜计数的鸟友猛地跳了起来，孩童般地欢呼着。我知道，"神话之鸟"——中华凤头燕鸥出现了。走在前面的鸟友也忙不迭地赶回来，用小数码相机接上单筒望远镜后狂按快门。我们则猫着腰悄悄地接近，每走几步就停几分钟，手里的望远镜却一直舍不得放下，生怕错过它的一举一动。据说2005年有一位香港鸟友花费数万元，辗转东南沿海多地，最后抱憾而归。我第一次出行看它便成功目睹，怎能不觉得这是上苍的眷顾？

中华凤头燕鸥 36 一度被科学界认为已经灭绝，2000 年在马祖列岛被重新发现时，轰动了全球鸟类学界，因此被称为"神话之鸟"。幸运的是，2004年又在浙江的韭山列岛发现了一个繁殖种群（虽然数量只有个位数）。在海岛上，滥采鸟蛋和台风成为它们濒临灭绝的最主要因素。当时它的中文正名还叫黑嘴端凤头燕鸥，为了更好地保护这种极度珍稀的鸟类，鸟类学家们将其名修改为中华凤头燕鸥，以彰显它地理分布的独特性，也希望有关它的消息能够更好地在中文世界里传播，从而促进相关的保育工作。（2021年，经过国内外科学家们多年的联合保护工作，全球中华凤头燕鸥总数终于突破了100只

36

大关）如此稀罕的鸟，能见上一面当然是三生有幸。

可能是为了自我保护，野外的中华凤头燕鸥喜欢混迹在外表极为相似的大凤头燕鸥37群内。尽管如此，中华凤头燕鸥比大凤头燕鸥体型稍小，体色银白发亮，嘴尖的黑斑在阳光下清晰可见。知道了这几点区别，想在大凤头燕鸥群体中挑出它们，倒也不难。

大家看得几乎忘了时间，半晌后才发现距离已经足够近，可以正常拍摄了。可偏偏就在那一瞬间，那只中华凤头燕鸥突然飞起，离开了依旧在休憩的大凤头燕鸥群，独自在水里捕了条鱼，然后振翅悠然远离。这突如其来的变化让我们措手不及，手里的相

37

机很沉，对着那渐渐隐没在天空中的身影充满了无力感。它宛如高傲的公主，在尽情地展示风采之后决然而去，留给我们这些普通人一个如梦如幻的痴想！

其实，不用猜也知道，马祖列岛距离闽江口很近，中华凤头燕鸥定然是飞去那里了。

回眸一望，不知不觉中我们已经在洒满金辉的沙洲上走了五六千米。看着身后悠长绵延的脚印，回想一天的劳顿和欢欣，忍不住吟诵一首：

本是瑶池仙山鸟，偶入凡尘亦难寻。匆匆一面缘非浅，漫漫黄沙印记深。

知识扩展

中华凤头燕鸥的招引繁殖保护

● 自2011年起，浙江省自然博物馆的专家们与浙江省野生动植物保护协会野鸟分会、浙江省象山县海洋与渔业局、香港观鸟会、美国俄勒冈州立大学等进行合作，利用燕鸥模型和鸟声播放等招引方法，于浙江韭山列岛开展中华凤头燕鸥种群恢复项目。据统计，2013年韭山列岛种群恢复项目启动至今，已孵化幼鸟93只，中华凤头燕鸥全球种群数量超过100只。经过十多年的努力，中华凤头燕鸥已暂时脱离了灭绝危机。这个项目每年都会向公众招募志愿者，有兴趣参与的朋友可以关注浙江省自然博物馆的相关公告。

大自然博物记

12

鸟儿的桃源乡

石门村在江西婺源的月亮湾背后。

站在公路上俯瞰月亮湾，远山如黛，沃野横呈，近水回旋，让人很想"扑通"一下跳入清流，然后爬上江洲，去撒个野，打个滚儿。这片被清流环绕的江洲，一半是树林，高高大大如千羽翠箭被后羿遗落在此；一半是茶园，如一大片碧波起伏；中间还有几小片长满绶草的草地和几汪浅水，这是我要去观鸟的地方。

夕阳的余辉在林间如万道金弦，被众多飞鸟的翅膀不时地拨动，奏着梵音妙曲。你若不是个"鸟人"，怎能听得出它的诱惑？

林中的鸟儿谁最美？黑枕黄鹂当仁不让。

就连靛冠噪鹛的那身黄与它相比都显得稚嫩。那是萃取了阳光的、耀眼的、绚烂的金色，又隐隐地映着树林的绿光。动人的歌声从它们那粉色的长嘴里倾泻而下。黑枕黄鹂38在树冠上欢歌，相依相偎，形影不离。

那么，江洲上最酷的是谁呢？

眼前，一排排茶树如叠浪排开，零星的几株乔木好似海上风帆。不知道从哪里飞出来一只赤腹鹰39，忽然从我们头顶掠过。它也是刚发现我们的存在，竟然特地回了下头，仿佛是在向我们颔首问候，然而它那两只圆润的大眼睛里似乎又满是疑惑。我们则对它鼻子上珊瑚珠般的红色好奇万分。

河流绕着林子静静地流淌，这里还藏着些什么？

如同天空中轻轻划过的云彩，是什么让它张开了黝黑的翅膀，悄无声息地远去，像一片乌云笼过对岸的芦苇？黑鸦，这神秘而优雅的鸟儿，如夜的女皇，在这静瑟

38

12

如镜的河流上空投下它高傲的身影。一对鸳鸯⁴⁰，雄鸟的华丽与雌鸟的朴素交混着，从河道的拐弯处静静地游向我们。涟漪在它们的身后渐次展开，如同这么多年观鸟所带给我的欢乐——轻微，却绵延不绝。

这个晚上，投宿在石门村的我们让老板娘做了一顿丰盛的大餐，可红烧肉根本塞不住众人兴奋谈论的嘴。翌日凌晨四点半，当我在四声杜鹃嘹亮而喋喋不休的叫声中拿起望远镜，穿过浓雾轻绕的黛瓦粉墙，搅落无数微凉的露珠，再度奔向那正被第一缕阳光亲吻的树林时，发现众人也早已在此，真的不太意外。

39   40

知识扩展

旗舰物种与伞护种

● 旗舰物种（flagship species），指某个物种对社会生态保护的力量具有特殊号召力和吸引力，可促进社会对物种保护的关注，是地区生态维护的代表物种。这类物种的存亡一般对保持生态过程或食物链的完整性和连续性无严重的影响，但其魅力（外貌或其他特征）赢得了人们的喜爱和关注，如大熊猫、白鳍豚、金丝猴等，这类动物的保护易得到更多的资金，从而保护了大规模的生态系统。

● 伞护种（umbrella species）可以是旗舰物种，但不等于旗舰物种。伞护种强调对该物种及其生境的保护能够涵盖到对其他物种的保护。比如大熊猫，凭借世人的喜爱，当之无愧地成为旗舰物种代表，它虽然也是伞护种，但实际上其伞护范围相比雪豹、豺、东北虎等栖息活动范围广泛的大型食肉动物十分有限。因此在保护工作中，合理选择多个伞护种，努力把伞护涵盖的范围做到尽可能全面很重要。

大自然
博物记

13

十月鹰飞

　　猛禽迁徙时形成的"鹰河"和"鹰柱"蔚为壮观，是观鸟爱好者们心中的盛宴。十月是猛禽南迁的重要时间窗，在这段时间，中国有不少地方都可以欣赏到此类壮观景象，最有名的要数辽宁的老铁山、台湾的垦丁和广西的冠头岭。这几个地方都是凸向海洋的，迁徙中的猛禽通常需要事先在此聚集、停歇、休整，等到合适的天气和风向，才能一飞冲天，然后借助气流的帮助，安全地跨过前面的海洋，抵达下一站。

　　2014年国庆，机缘巧合，我被拉到老铁山参加了北京鸟友们的活动。我们一大早就赶到临海崖顶上的大平台，然而天开始飘起了小雨，风向也不对——撞上了一个不适合猛禽南迁的天气，期待中百千雄鹰翱翔蓝天

⊙　辽宁省

的场景，只是昨夜的好梦一场。

也许是见我们在凄风苦雨中实在可怜，一只乌雕41
决定安慰我们一下。它远远地在旁边的山坳里盘旋了几
圈，亮了亮相。

几只凤头蜂鹰42尝试出海探风，却每每被风吹得贴
回崖壁。它们飞得辛苦，倒是便宜了我们，正好借此看
个真切。凤头蜂鹰是猛禽中的奇葩，长着鹰的模样，最
爱的捕食对象却是小小的蜜蜂。缺乏其他猛禽强大掠食
能力的它们玩起了"大咖模仿秀"，用羽色模拟各种厉
害的猛禽，比如蛇雕。

41

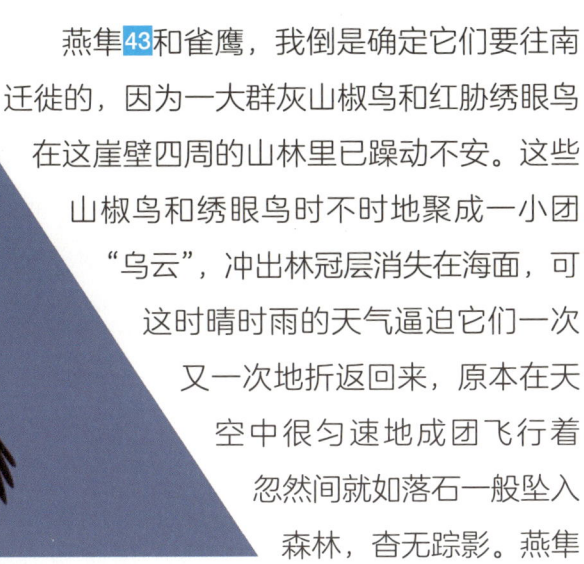

燕隼43和雀鹰，我倒是确定它们要往南迁徙的，因为一大群灰山椒鸟和红胁绣眼鸟在这崖壁四周的山林里已躁动不安。这些山椒鸟和绣眼鸟时不时地聚成一小团"乌云"，冲出林冠层消失在海面，可这时晴时雨的天气逼迫它们一次又一次地折返回来，原本在天空中很匀速地成团飞行着，忽然间就如落石一般坠入森林，杳无踪影。燕隼和雀鹰正是追逐灰山椒鸟和红胁绣眼鸟而来，也唯有如此，它们千里迢迢的迁徙之路上才有充足的食物，否则哪来的力气飞越沧海、翼扫千山？

尽管那天在老铁山我没能看到猛禽出海，但夕阳如火，漫天云霞倒映在流金的海面之时，一只雄性鹊鹞，如电影《星球大战》里的武士，头戴黑盔，一袭白袍，从头顶御风而过的场景，至今依然在我脑海里清晰无比。

42

十月鹰飞

我在老铁山留下的遗憾，在随后的垦丁和冠头岭都补了回来。

那天是10月9日。数千只夜栖在海边散尾葵林里的灰脸鵟鹰44，随着晨风腾空升起，在垦丁的海岸线上空慢慢盘旋成高达百米的鹰柱，然后乘着风向吕宋列岛滑翔而去的画面，大约是我今生最为难忘的观鸟场景之一。

至于冠头岭，我更是难以忘怀。那是10月底一个热火朝天的场景：来自国内外的观鸟和拍鸟爱好者、来自广西北海当地和外地的志愿者朋友、来自民间机构和政府部门的官员还有森林公安们，大家齐心协力，将冠头岭曾经盗猎的枪声变成了人们看到猛禽从头顶安全飞过时的欢呼声。

只有当好人占据了阵地，坏人才无处躲藏。我曾经亲眼目睹被盗猎分子打伤的猛禽流下殷红的血，所以，我更明白那欢呼声里有多少人的付出。我已记不清自己究竟在冠头岭上看过多少种猛禽，但我能记得那些日子里每一个相互陪伴坚守的人们。

43

　　十月鹰飞，不仅仅是大自然的奇观，更是我们向大
自然的承诺——绝不让自由之翼在中国的天空折断。

44

知识扩展

国内主要的猛禽迁徙通道观测点、猛禽迁徙过程中对气流的利用

● 我国知名的猛禽迁徙通道观测点主要包括：辽宁老铁山、台湾垦丁、广西北海冠头岭、北京百望山、重庆平行岭、成都龙泉山等。猛禽身体较重，在长距离迁徙途中，为了减少体能消耗，它们会选择天气良好的白天，尽量利用热气流和迎风坡的上升气流翱翔。在做跨海飞行时，白天，猛禽会利用诸多海岛在热气流微弱的海面上形成的上升气流，从一座岛"跳"到另一座岛，完成海上迁徙。到了夜晚，这些岛屿又成为"驿站"，供猛禽歇脚及隐蔽。

大自然博物记

14

红海滩上遇仙鹤

　　小时候，家里的中堂上挂过一幅丹顶鹤45站在松树上的《松鹤延年图》。关注鸟类之后我才懂得这种"松鹤延年"的形象纯粹出自画家的臆想，因为丹顶鹤爱的是湿地，它才不会发神经跳到松树上站着呢。何况它的后趾不发达，位置还高过其他三趾，根本就握不住树枝。在接触观鸟以前，丹顶鹤是我唯一听说过的鹤类，也是因为它，儿时便觉得嘴长、腿长、翅膀宽大的鸟便是鹤。其实，在树枝上能停歇，又飘飘欲仙与鹤有几分神似的，是鹭。

　　听鸟友说，辽宁盘锦的红海滩有丹顶鹤，我一溜烟儿跑去了。

　　盘锦的芦苇滩到底有多大我不知道，反正越野车比

红海滩上遇仙鹤

芦苇矮，没有当地鸟友的带领，我铁定会迷失在芦苇的海洋中。忽然间，芦苇没了，眼前是一条通往大海的长堤，两边是无垠的"红地毯"。那是望不到边的红，带着深沉的绛紫，一直延伸到天边。我一度怀疑是因为这里的碱蓬草染红了夕阳，落日才会显得如此绚烂。

车往前开了100米后，前车一个急刹车。我们跟在后面大喜：有了！果然，车左边对着一条潮沟，蜿蜒如舞起的混天绫，碱蓬草就像被它分开的红色海洋，两只丹顶鹤正在那里埋头觅食。

距离真近啊！20来米吧，这还是算上了路面近10米的宽度。除了偶尔抬头左右张望、做一下例行公事般的警视，这两只丹顶鹤对车并不在意，对我们如机关枪一般、几乎没有停歇的快门声同样置若罔闻。纵然在各种纪录片和画册中见过丹顶鹤无数次，那份优雅，唯有亲眼目睹之后才会有触及心灵的震撼。

夕阳为丹顶鹤洁白的脖子和身躯撒上金红，黑色的滩涂中央，水面反射着天空，如一道飘逸的白绸，绛红与橘色杂糅的碱蓬草如潮水般包围着这一切。丹顶鹤顶戴红珊瑚，巨大的飞羽拖在尾后如墨竹轻摇，一双长腿让顶级模特也会艳羡不已，每次轻轻地迈步都让我的心随之起落。它们默默地在河沟里觅食，并不鸣叫，也没有舞蹈，可单凭着那高贵范儿就已经气场十足，震慑蓝天与红海滩之间所有的生灵，包括我们。

过了一会儿，这两只丹顶鹤先后离开河沟，走上旁边的红海滩。我们都以为它们准备离去，想着马上就可以拍到鹤翔于天的镜头，紧张得连抓相机的手都在发抖。可它们只是抖抖翅膀，摆了几个造型，然后屁股一撅，在碱蓬草上拉了一摊白色的便便后，又踱回河沟里，继续让水中的小虾小蟹们面对"梦魇（yǎn）"。看来，丹顶鹤真是爱干净啊，不肯污染自己的"食堂"！如此几番，日沉西天，霞光渐浓，丹顶鹤夫妻这才齐身走进碱蓬草。

它们左右看看之后，忽然头一低，身子往前一倾，翅膀开始猛烈地扇动，两腿向后奋力蹬，没用几下便腾空而起。于是乎，飞翔不再是费力的扑腾，而是飘逸如仙的身影和漫步云端的随性。巨大的翅膀分割着绯的云彩与绛的大地，所有的焦点都在它们身上，只有它们是清晰且真实的，其余的一切都化作流动的背景，是一片色彩而已。

太美了！凝视着它们远去的身影，我已说不出话来。

知识扩展

中国的鹤类、古人绘画中有意思的鸟类

●中国目前有稳定野外观察记录的鹤类包括丹顶鹤、白鹤、白头鹤、白枕鹤、灰鹤、黑颈鹤、蓑羽鹤，沙丘鹤偶有记录，赤颈鹤已经多年没有野外记录。在中国古人绘画中出现最多的鹤是丹顶鹤，丹顶鹤被中国人称为"仙鹤"，视为高洁、祥瑞的象征，以宋徽宗的《瑞鹤图》和林和靖"梅妻鹤子"的故事为代表。寿带、太平鸟等鸟类因名字中含有"寿""太平"等字样受宠，黑枕黄鹂、红嘴蓝鹊、绿孔雀等则因为漂亮的羽色广受欢迎。在现代生态摄影技术出现以前，中国鸟类写实绘画以宋代宫廷画派的成就为最高。

大自然博物记

15

舞动的精灵
——太阳鸟

1987年，我第一次看彩色电视。《动物世界》里蜂鸟漂亮的羽毛在阳光下熠熠生辉的画面，在我的心灵深处光芒四射。后来我得知蜂鸟生活在美洲，中国并没有。

好在太阳鸟这种丝毫不亚于蜂鸟之美的小精灵就生活在中国。从十多年前我开始观鸟，太阳鸟就牢牢地占据了记忆里众多惊艳的瞬间。

我见过的第一种太阳鸟是叉尾太阳鸟。厦门一到秋冬季，花期正盛的红花羊蹄甲树上不难发现它们活泼的身影。叉尾太阳鸟雌鸟的长相虽然平淡无奇，雄鸟的美却足以令众多鸟类摄影爱好者们痴迷不已：一年又一年，在山樱花树下、红苞花旁、紫荆花边静守着，即便是风雨天也挡不住他们的那份热情。这些摄影爱好者只为了

⊙ 福建省 云南省

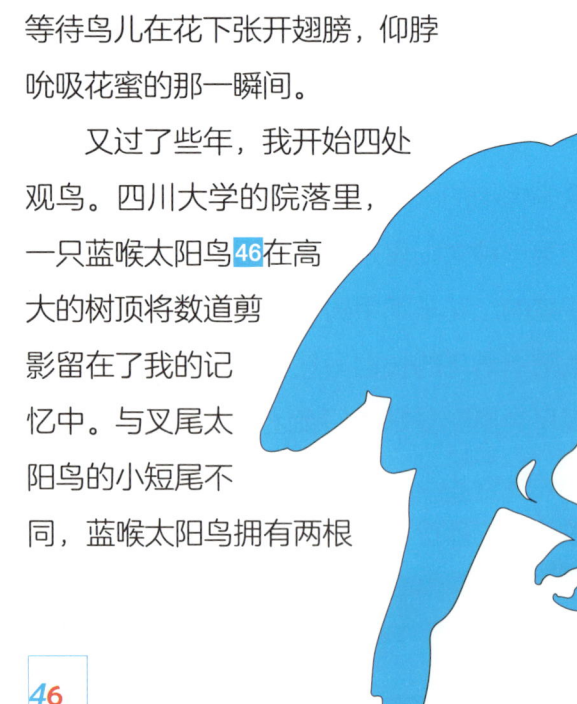

等待鸟儿在花下张开翅膀，仰脖吮吸花蜜的那一瞬间。

  又过了些年，我开始四处观鸟。四川大学的院落里，一只蓝喉太阳鸟 46 在高大的树顶将数道剪影留在了我的记忆中。与叉尾太阳鸟的小短尾不同，蓝喉太阳鸟拥有两根

46

修长的尾羽，如飘带在
枝间缠绕，却又从不会真
的被羁绊住，潇洒至极。而我真正
看清楚蓝喉太阳鸟，则一直等到2015年的云南之旅。

在去滇西的路上，楚雄的紫溪山是一道无法忽视的
风景线。推开窗，清晨微冷的风裹着梅香扑鼻而来，随
之而来的，是一幅不可能会忘记的画面：一小团红与黄
的火焰，闪烁着比高原的天空更加深沉的蓝，在如繁星
绽放的梅花丛中燃烧。面对繁花似锦，蓝喉太阳鸟偶
尔也会出现"选择困难症"，停下来，翘着如钩的长嘴，
左右摇摆。然而火苗怎么可能真的会停下来呢？它定然
会烧遍所有的一切，每一朵花儿都必须被造访。拜它
精力旺盛的舞动所赐，原本暗涌的梅香几乎喷薄而出，
直醉了花旁的我，从黎明甘
守到黄昏。

别了紫溪山，到
了腾冲。隆冬之
际，温泉氤氲之下
繁花盛开，百鸟
集聚。力压群芳的

47

是黄腰太阳鸟47。它比蓝喉太阳鸟红得更艳丽，是标准的皇家大红朱漆；黄，也是金灿灿的，毫不掩饰那份张扬。那些花儿输了，何止输了颜色，连气势上也败得一塌糊涂。你听，那黄

舞动的精灵——太阳鸟

腰太阳鸟尖细的鸣唱，竟也是
闪亮的，毫不费力地便已霸占了
整个山谷。

　　然后是火尾太阳鸟48。在高黎
贡山的第一次相逢，一如那日明艳的
骄阳。如果说蓝喉太阳鸟是火苗，火尾太阳鸟就是一团
旺火，无论是眼底还是相机的感光器上，那都是一道道
永不熄灭的、变幻无穷的火光。

　　可如果你觉得火尾太阳鸟便是最美的，那不过是

49

因为你还没见过绿喉太阳鸟49。一眼而已，就那么一瞬间，我就沦陷了。那该是怎样的一种色彩啊：春的嫩绿与秋的金黄相融相依，落霞的绯红丝丝渗透，如果是一杯酒，一定是陈酿的醇厚才能散发的芳香；如果是一幅画，定然纠缠了莫奈的朦胧与梵高的热烈。她，是的，即便是雄鸟我也想用"她"，简直就是高黎贡山美的执掌者。

上天在创造别的太阳鸟时，都是放进五彩的调色盘里的，也不知是不是审美疲劳，还是一时累了手滑，轮到黑胸太阳鸟50时，竟然失手将其掉进了墨水瓶里。一看糟了，赶紧捞出来，幸亏手快，没全染黑。黑胸太阳鸟赶紧又跳进那五彩的调色盘里打了个滚，于是乎，黑里透红，灰中带黄，绿中藏蓝，竟然成就了一种低调而神秘的美。它在林间的花丛中如侠客一般的存在：你能见着它来去从容，却几乎无法看清楚其真容。林子里缺少足够的光线，它的美只会留给懂得欣赏、有足够耐心等待的人。

在盈江榕树王高高的树顶上，紫颊直嘴太阳鸟51犹

50

如一颗五彩的宝石，将阳光反射到我的眼底。距离遥远，角度刁钻，但是它恰恰完美无缺地呈现在我的望远镜里，它静立枝头，任由自己光芒四射，只在鸣唱时会不停抖动喉咙。热带生硬的阳光刚一碰触它的身体，就神奇地有了生命：会流淌，会奔跑，会溢出七彩的梦幻。

网络上有很多关于太阳鸟的照片，都很美。可是，在野外见过它们光彩照人的神韵之后，我总觉得照片是不够的。写下这么多，是想着也许读了此文后的你，有一天也能在野外为它们停下脚步。愿它们翅膀挥动的一刹那，让阳光化作彩虹，进驻你心，带着你奔向远方……

知识扩展

●鸟类羽毛的颜色是由色素（色素成色）或者羽毛的显微结构通过反射、散射自然光决定（结构成色）的。色素成色的羽毛颜色主要由黑色素、类胡萝卜色素、卟啉色素决定，有黑色素的鸟，羽毛会呈现出黑色、棕色、灰色等；有类胡萝卜素会使羽毛呈现红色、黄色、橙色和紫色等；卟啉色素则会让羽毛呈现粉色、绿色等颜色。

●结构成色是由羽毛结构决定的。鸟类羽毛中气穴的不同大小和形状构成特殊的羽毛结构，这个结构通过散射、反射自然光来成色。蜂鸟、太阳鸟等能在不同角度呈现出不同的颜色，就是因为如此。还有一些鸟的羽毛只能反射出特定的光线，比如很多蓝色的鸟，它们的羽毛结构吸收了其他的光，只反射出了蓝光。此外，羽毛呈现白色是因为缺乏色素，羽毛反射了所有的光；反之，如果羽毛吸收了所有光，就呈现出黑色。

●通常热带鸟类比温带鸟类的羽毛颜色更加丰富。可能是因为热带的鸟儿有固定的栖息地，艳丽的羽毛有利于宣告主权，威慑对手。而温带的鸟儿很多需要迁徙，需要更好的伪装来保证安全，积蓄体力。此外，迁徙的鸟儿交配期和区域也都比较固定，求偶过程相对容易，对羽毛颜色的需求没有那么高。两性羽色差别较大的鸟类中，雌鸟羽色普遍不如雄鸟艳丽，也是因为大多数雌鸟需要担负育雏的主要职责。

大自然博物记

16

黄土高坡上的鸟儿茶话会

　　我是一只沙色朱雀52，比不了朱雀家族里那些艳丽的表兄弟，然而这又有什么关系呢？在这黄土的世界里，只需要一抹粉红，我就足以冠压群芳了。

　　兰州大学榆中校区的后山大约200米高，全是黄土一点点堆出来的，至于堆了多少年？我不太清楚，不过最开始的时候，可能还没有人类吧。我的家族在这里安家也有很长时间了，具体多久？你能指望我一只巴掌大的小鸟记性有多好？

　　这一带干旱得很，山上只有薄薄的一层草，偶尔一点点雨就

⊙　甘肃省　　52

能冲出很多沟沟坎坎，时间长了，直接崩成深壑（hè）。我有翅膀无所谓，飞过去便是。那些人类就受罪了，心上人就在对面，可想要见上一面得先跑断腿。他们再也"进化"不出翅膀了，于是这里的人们就"进化"成了大嗓门儿，整天用唱歌来交流，还起了个名字叫"信天游"，是羡慕我们鸟族最能飞的信天翁吧？

其实我们被无视了很多年，只是这几年，才总有些人带着望远镜来看我。他们是"鸟人"，我懂的。

一开始，我发现他们总爱拼命盯着我的翅膀看，心里确实有一点点害怕，担心翅膀会被抢了去。后来发现他们只是看看就很满足，而且脸上总是挂着笑容，像孩子一样那种干净的笑，我这颗心也就放下了。话说回来，人类的想法我不是很清楚，但只要不妨碍我自由自在地吃饭、唱歌、骂红嘴山鸦，生活就永远都很美好，不是吗？

我就是红嘴山鸦53，别听沙色朱雀吹牛。我们这旮旯没啥好看的鸟，就数它有点姿色，整天嘚瑟得满山飞，生怕别人看不见似的。骂我黑，黑怎么了？我是黑又亮好不好！再说了，我嘴上的胭脂红岂不是比它那点桃粉色浓郁得多？我是不愿意让别的鸟说我们"鸦多势众"，所以才让着它，可把它得意得！算了，犯不着跟这样的鸟生气，还是去垃圾堆里翻翻有没有什么好吃的比较

实在。

那些红嘴山鸦又凑在垃圾堆旁，肯定是找到什么好吃的了，我也得过去瞧瞧。你问我是谁？我就是美到你们不敢爱的环颈雉啊！就我这一身华丽丽的装扮，天上的彩虹看到我都要羞愧的，你们这些无知的人类却只会叫我"野鸡"。无所谓啦，人类虚伪也不是一天两天了，我知道你们每个人心底对我明明都是爱，这就行了。何况，我也没空和你们计较这些，这土坡上想找点新鲜口味不容易，我得赶紧过去，否则该都被红嘴山鸦们抢完了。

这地方原本好得很，除了风声，世界很清静。那些沟壑如山崖，穿梭其间有种战地飞行的荣光和快感。作为一只高冷的岩鸽，我真的很讨厌那些聒噪不止的红嘴山鸦。可我有什么办法呢？愚蠢的人类把垃圾倒在这里，山鸦们能不蜂拥而至嘛！

我是一只大石鸡54，今天山上的几个人就是冲我来的，我很犹豫，究竟要不要和他们见一面？如果每次别人来我都现身，会不会显得格调不够高？本来吧，我很开心有人来看我，不敢说每次都是撒着欢儿、高声唱着曲儿去和这些人打招呼，倒也经常是一路小跑，给个靓丽的背影让他们瞧瞧。可后来知道我在这里的人多了，消息传出去后，想抓我的人也来了。好多家族成员都遭了毒手。那种痛苦，说多了都是眼泪。

黄土高坡是不相信泪水的，生活还得继续，但我真的已经有点不太想见人了。我知道今天来的这几位都是好人，是真心喜欢我，其中一位来了好多次了，每次见面都是"相逢一笑，云淡风轻"的感觉。另外几位也应该是有心人，他们在这山沟沟里转得都快走不动路了。那个戴眼镜的，坐在垭口的风中已经有点

意识模糊，竟然指着被我经年累月踩出来的细小的山道说："你看，好像大山的妊娠纹唉！"大山要是能怀孕，我岂不是能当天神了。

人类就是爱用自己制造的虚幻词汇来自我满足。你看，几个人又对着夕阳感叹上了，好像那些云彩、蓝天、荒原是特地被摆放在那里，等着他们去发现的一样。听他们窃窃私语，说夕阳正在用泛着金色的柔光抚慰着大地的脸庞。夕阳的手指有那么温柔么？白天一个个被晒得面红耳赤、浑身臭汗的，那火辣辣的滋味，这还没到傍晚，小凉风刚起，清风儿一吹，忘记得可真够快的！你问我怎么听得到他们说话？哦，我忘记告诉你们了，我其实一直就在他们身后的山坡上站着呢！

知识扩展

黄土高原上退耕还林政策对鸟类的影响，以延安为例

●隋唐以前，延安还是大片原始森林。自北宋以来，植被遭到严重破坏，城市建设、寺庙修建、战火破坏、大量放牧等人为因素占了大半。研究表明，陕北高原从山清水秀到生态环境恶化，是一个渐进的、历史的过程。历代战事纷争四起，各卫、所、堡、寨纷纷屯垦戍边、移民实边，加上大规模的游牧民

族内迁安置，使人口过度膨胀，对耕地需求不断增长，外加过度放牧，森林与草地资源受到严重侵蚀。特别是屯田制和修筑长城，对陕北生态环境的破坏已到了无以复加的程度，并遗祸至今。

●由于植被破坏和水土流失，黄土高原被慢慢侵蚀分解，黄土塬（平台状）变成梁（条带状），梁变成峁（馒头状的土丘）。塬、梁、峁将黄土高原分解得"支离破碎"。黄土高原变得千沟万壑，成山连片。1999年，延安誓言要"让赤地变青山，让黄河流碧水"，在全国率先开展退耕还林。率先打响"退耕还林、封山禁牧、舍饲养羊"的延安吴起县，成为退耕还林第一县。短短20年间，延安退耕还林上千万亩，延安变成了绿色的海洋，为世界提供了短期内"生态修复"的中国样本。

●如今，站在宝塔山上看延安，站在吴起胜利山上看林海，让人恍如置身南方的山林；河水也清了，"一碗水半碗沙"成了历史；整个延安生态都变了。笔者在国道上驱车行走的时候，沿途雉鸡和野兔屡见不鲜。在延安北部的山林甚至传来了发现花豹的好消息。

大自然
博物记

17

大树上的小鸟公寓

　　父母来厦门小住，我把自己的房间让给了他们，将对门的一间公寓租下来暂住。

　　这间公寓朝北，窗户紧贴着一株高大的石栗树，光线很受影响，寻常人都不大喜欢，所以租的人很少。我却不一样：一来和父母门对门，方便；二来，那棵树上总有各种小鸟飞过来停歇，我巴不得守在窗户边看着它们来来往往。

　　这石栗树有些年头了，估计不比我岁数小。它一年四季常青，附近的鸟儿都爱来。虽然都是厦门常见的鸟类，但它们在上面停歇、追逐、争斗、求爱、歌唱、觅食，无一不令我这个观鸟爱好者觉得喜悦。

　　红耳鹎55和白头鹎是关系挺不错的邻居，经常站在相距很近的树顶上一起晒太阳。就连抓捕树叶间的小飞虫时，也爱一起行动。不过它们倒也不是那种"孟不离焦"的状况，各奔东西时也不见它们相互告别，说飞就飞更是常有的事，感觉就是那种"互不干涉内政的友好邻邦"。

个头甚小的暗绿绣眼鸟 56 总是一来一小群，唱着尖锐且欢快的"劳动号子"，将树冠层"扫荡"一遍。偶尔有落单的飞过来，即便一些枯枝败叶上有虫子，令它忍不住停下来吃上几口，它也不久留——弱小的它，离开了大部队，心底可能还是会有些不安吧。

55

最大大咧咧的是
乌鸫，它拥有天生
的好嗓子，是春
天里的歌手，
穿着一身迈克尔·杰克逊式的黑色西服，眼圈和嘴角灿
烂的金色显得很戏剧化。它总是急匆匆地冲过来停到树
冠下的某一处树枝上，把原本正在那附近休息的珠颈斑
鸠吓个半死，一边奋力扑腾翅膀、急忙躲避，一边扭头
试图看清究竟是怎么一回事。

　　这五种鸟是常客，其他鸟来的频次并不高，有时候
好几天才能看到一次。相对较多的是远东山雀，别看它
是一只胖乎乎的小不点，"森林保护神"的绰号可不是
白来的，吃起虫子来，那个狠劲看着都让人害怕。那小
嘴硬得，凿穿一般小鸟的头骨都不是问题，更别提软乎

57

大树上的小鸟公寓

乎的小毛虫了。它将虫子直接叼起来，在树干上摔打得七荤八素，连内脏都甩了出来，然后一口吞下。

噪鹃57也会来，它是个大家伙，独特的叫声曾被描绘成"就像是熊孩子在哭"。偏偏它这个"恐怖"的叫声能持续一整个春季，令很多人感到狂躁不安。我肯定不这么觉得，我喜欢学它、逗它——和家门口的几只噪鹃一来一去地应和，是春天里专属于"鸟人"的游戏。

院子里的八哥和几种椋鸟不知为何很少落在我窗外的这棵树上，它们似乎更喜欢附近一株光秃秃的大树。但是那棵大树已经因为存在安全隐患而被砍，所以我有一阵子没听见它们那初听吵闹、细听抑扬顿挫、再品婉转多变、深思如天籁般纯真的独唱、二重唱、小合唱和大合唱了。想到这一点，真让人有点落寞。

石栗树上也有惊喜。前几天睡觉的时候，隐隐听到窗外有"喔、喔"的叫声，这不，今儿下午就飞过来一只领角鸮58。我们都愣了一下，对视了几秒钟后，它转身离开。领角鸮是夜行性的，白天通常都在某个地方闭上眼睛睡大觉。它可能是在别处被打搅了，所以才飞到此处，没想到又撞见我站在窗

58

户边。这株石栗树很密实，我没法看到它的去向。夜幕降临时，节奏稳定的叫声再次传来，显然这只领角鸮就在不远处。只不过，是别人的窗外了。

石栗树下有个停车位，我见车上落了鸟粪，于是晚上便拿着手电朝窗外的树上照去——果然看到有鸟儿在睡觉，是暗绿绣眼鸟，好几只挤在一起，像一串儿绿毛团球，真有意思。

得，关掉手电，拉上窗帘！这安静的夜，我们互不打搅。

知识扩展

夜间，鸟住在哪里？

●绝大多数鸟类只有繁殖期间才会住在巢内。其他情况下，天黑之后，鸟儿都是在树枝上或者洞穴里寻找一处它们自认为安全的地方就能呼呼大睡了。这些睡觉的地方并不完全固定。当然，对夜行性的鸟儿们来说，夜间是捕猎的好时机，可不是用来睡觉的。

大自然
博物记

18

迷你明星小鸥

　　冬季的四川德阳，贯穿市中心的旌湖是中国近距离欣赏野鸭类最棒的地方，没有之一。许多年前我来的时候，这还是不为人知的"秘密"，如今早已经成了全国各路人马带着"长枪短炮（指鸟类拍摄时用到的镜头、相机等设备）""围攻"的观鸟圣地。

　　我观鸟的年头在国内算比较长的，旌湖里的野鸭已经见过很多次，没有什么新鲜感。然而我这次来的目标并不是鸭子，而是一种名叫"小鸥"59的鸥类。小鸥个头很小，大约只有常见的红嘴鸥的四分之三大小，以至于它的中、英文名都叫小鸥——在这一点上，国内外达成了一致。

　　小鸥在中国内陆地区很罕见，但近年来的观察记录

迷你明星小鸥

表明，四川盆地中众多的河流湿地是一部分小鸥稳定的越冬地。据说德阳旌湖上空的这只小鸥在这个冬天几乎天天都能见到，那当然要去看一眼啊！

智能手机时代的好处就是可以将导航的目的地直接设定为当地鸟友发现小鸥的坐标。鸟友给我的地点当然是真的，不过资讯准确并不代表就能依此得到最终想要的结果——因为现场还有至少五百只的红嘴鸥60和棕头鸥在飞，小鸥究竟在哪里"深藏功与名"？还是得靠我们自己的眼力和经验。

我们放弃了。

盯着飞来飞去的鸥群时间一久，感觉脑子都快转晕了，更别提已经快花的眼睛和酸得憋不住的泪水。我们干脆去看了会儿鸭子，又上了趟洗手间。我刚走出洗手间，就看到同伴在冲我挥手，于是赶紧跑过去。脚还没站稳，就听鸟友们喊了起来："哎呀，看见了！看见了！可小一只了！""在哪？在哪？""在飞，就在这一群里，看见没？看见没？最小的那个。""飞到左边去了，快看！快看！又飞回来了！"

一大群红嘴鸥里，果然有一只小个子在飞。小鸥翅膀上的颜色比红嘴鸥略淡，翅尖也没有黑斑，整体近乎灰白，娇小玲珑。等它转身时我才发现，小鸥的翅下竟然呈现出甚是浓郁的灰黑色，这种意外感让这个小家伙越发显得独特。因为小，所以小鸥飞行显得更为急速，姿态也更加敏捷，可一旦你的双眼锁定了它的倩影，它就总是能从一众红嘴鸥中脱颖而出，牵着你的视线再也无法离开；而那些嘴里不时发出嘈杂嘶喊声的红嘴鸥群则化作一团白色的迷雾，成了小鸥飞舞的背景。

这时，小鸥直接落到了横跨江面的电线上了，慢悠悠地开始低头梳理羽毛。

这一根电线上就落着约 200 只鸥，如果不是个头相差太大，还真不好找。看腻了小鸥在电线上的样子，我们很想拍摄一些小鸥飞翔的画面。小鸥隔三岔五就从电线上俯冲下来，然后在江面上盘旋，但是它飞的速度太快，干扰又多，追焦实在困难。等我好不容易锁定目标，追着它拍，镜头前突然一黑——一位鸟友站到了我和小鸥之间。唯一的机会啊！唉……

说来有趣，我还是拍到了小鸥，只不过这是一只被鸟友的帽子挡住了身子，只露出了头部的小鸥，它就像是这个女孩帽子上的钗头。众人皆觉得此乃天意，她也立刻换了微信头像——毕竟用小鸥做头钗可不是人人都能有的福气。

从放弃到失而复得，以及得来全不费工夫，还有最后的歪打正着。观鸟的乐趣或许就在于人性会在执着和不执着之间徘徊，而你我在体验着心与现实互动所带来的不确定性的同时，又总能做到笑对一切。

18

知识扩展

智能手机上的观鸟应用有哪些？
未来还可以有哪些畅想？

●随着智能手机的普及，以及人工智能的快速发展和应用，目前比较流行的应用软件有图鉴类的"鸟类大全"，微信小程序上的"观鸟记录中心"（做观鸟记录用）、"懂鸟"（用于鉴别鸟类时提供相关照片和鸣叫声作为参考）。

●未来如果人工智能、网速、智能显示技术都有进一步突破的话，相机和望远镜可能会直接通过智能手机与云端大数据相连，在看到鸟类的同时，相关信息就能实时出现在观察者手机或其他客户端的视野画面之中。

大自然
博物记

19

为了保护，选择保密

　　从福建的长汀县城出发，逆汀江而上，丘陵带水，田野陌陌，乡舍疏离，风光颇好。有些临水的路段会让人想起《富春山居图》来，所以每次走这段路，我总是要花上比别人多两倍的时间，因为忍不住就会停下来——春天也许是被一丛红艳明媚的桃花羁绊，秋天则可能是因为一株红黄摇曳的乌桕树在招手；再就是江上的廊桥，走过路过便绝不错过，江风拂过脸庞留下的清爽，是乡民的日常，也是游人的一段旖旎时光。

　　沿着一条进山的岔路，开进去不远就会发现这里溪流淙淙，鱼儿众多，吸引了诸多的鹭鸟前来觅食。山口的一株高大的白玉兰树，竟然在我们冬季造访的时候"开花"了，举起望远镜才看清，其实是树上停满了白鹭。当翠绿的松林成为那一簇簇洁白"花蕾"的背景，确实会令人眼前一亮。

然而，在这片大山里，并非所有的鹭鸟都会像白鹭那么显而易见。这里生活着一种最为神秘、拥有极好保护色的鹭科鸟类——海南鳽61，也常称为"海南虎斑鳽"。

作为中国所有鹭科鸟类中最不为人熟知的，人们一度以为海南虎斑鳽已经在野外灭绝，然而近年来的一系列发现表明，很可能只是它们的行踪过于隐秘，以至于过去人们对它们一直苦寻不得罢了。北到陕西，南到海南，西到云南，东到福建，差不多小半个中国都有确切的发现记录。即便如此，这种国家一级保护鸟类的每一次现身，都能引起地方新闻上的轰动，一是因为珍稀，二是因为人们对其知之甚少，三则是因为它的长相实在是太过奇特，堪称怪异。

这种鸟儿可以诱发人们的三重好奇心，还可以借势吹嘘一下当地的自然环境有多好，哪有比这更好的新闻素材呢？

而长汀的态度，就显得格外与众不同。

海南虎斑鳽在长汀被发现之后，当地的林业部门和志愿者们并不肯以此大做宣传，而是真心实意地将那一片山林看守了起来，一年又一年，远远地，守护着小生命接二连三的诞生。

　　长汀人也没有利用海南虎斑鳽的珍稀，试图去吸引那些仅仅出于猎奇目的的鸟类摄影爱好者们，好借此发财。毕竟那些人拍完了转身就走，甚至为了获得一张所谓独一无二的"鸟片"，干出诸多让人不齿的行径也是有的；而投喂国家一级保护物种更是不可取的行为。长汀的鸟类摄影爱好者们偶尔会过去，隔着山谷静静地欣赏或者拍摄，谨守安全距离，谨守着对这方水土爱的初心。

　　也正是因为如此，我第一次去那一带寻找海南虎斑鳽的时候，"享受"了被当地鸟友用非常警惕的目光审视的人生经历——面对我的问候，没有人愿意与我多搭讪。

　　我能理解，便不多问，自己用望远镜搜索着山谷对面的松林，看了一会儿，并无收获，于是便沿着山路继续前行。山林里的鸟儿很多，成群的赤红山椒鸟、活泼的远东山雀、爱唱歌的画眉、小声嘀咕的红头长尾山雀等等，虽不能像海南虎斑鳽那样令我激动，也足以让我心神愉悦。等我走回来的时候，当地鸟友们已经收拾装备准备离开，见我观鸟归来开心的模样，大约真心觉得我也不像个"坏鸟人"，便聊开了。

　　真心喜欢自然的人，骨子里都是乐于分享的。他们告诉我海南虎斑鳽就在对面，我顺势望过去，望远镜一

举便看见了。他们有些惊讶，我只是觉得幸运。

　　我第二次去长汀看海南虎斑鳱的时候，已经时近黄昏，当时我和一帮熟知多年的鸟友在附近的梅花山以观鸟的方式欢度春节，下山之后，临时有人提议来长汀转转，我知道他们没见过海南虎斑鳱，便决定带他们去碰碰运气。只是偌大个山，能否看到完全是个末知数。众鸟友们并不在意，对我们这些人来说，进山本身就是让人开心的事。

　　看守的人换了。我问鸟还在么？他说鸟天天有，看不看得见就不知道了。其实瞧他的神情，显然知道鸟在哪里，却并不打算告诉我们。我觉得鸟在就好，不告诉我们才是对的，于是对他说了声谢谢，剩下的就交给自己手中的望远镜和命运女神了。

　　不知道是不是我与海南虎斑鳽有缘。很多年前在云南中缅边境的一条河流边，我就意外地见过它，那时候中国见过海南虎斑鳽的人屈指可数。尽管我还来不及拿出相机，它便躲进了河洲上的灌丛里，但它那令人过目难忘的外表，绝不可能被认错。

　　海南虎斑鳽是一种你一旦见过就永远不会忘记模样的鸟儿。鹭科夜鳽属的鸟儿，羽色各式各样，但体形都差不多，像是小号且腿短了一截的鹭，通常都很秀气。唯独海南虎斑鳽的脑袋膨大，两只大眼睛突兀得犹

如铜铃一般，让人忍不住就想到外星人 ET，再加上它颈上前黑后黄的独特羽色，若是单独出现在人面前，往往能吓人一跳，以为是个异形。所以坊间偶有被乡民发现，大多以为是怪物，急忙上报公安。

从开始寻找到发现一对蹲在巢中的海南虎斑鳽，前后不过几分钟。鸟友们喜出望外，夸我是"神眼"，可我知道最重要的是它们被呵护着，一直没有离开这里。百米开外的树上，两只海南虎斑鳽露出半截身子，它们似乎并没有意识到溪流对面有一帮人正在打量它们——除了偶尔转转脑袋，或者伸一下脖子，大多数时间都纹丝不动。

看护人看到我们开心的样子，也笑了——如果对海南虎斑鳽很陌生的话，是很难在这么远的距离发现它们的，所以他可以确信我们这群人是真正的观鸟爱好者，是大自然的好朋友。

和白鹭不一样，海南虎斑鳽通常只在晨昏的弱光环境下才外出觅食，白天几乎都在树上静止不动；只有在繁殖期，因为育雏的需要，偶尔才会白天飞到溪边觅食。我们还要赶路，无缘海南虎斑鳽觅食的场景，虽有遗憾，但也相当满足了。

看到并拍到海南虎斑鳽的那一天，我并没有像往常那样在朋友圈里发一张照片，与众人分享内心的喜悦，一同在现场的众多鸟友也很自觉地"独乐乐"就好。对一种人类缺乏了解又性格敏感的国家一级保护鸟类来说，任何不良后果都是它们难以承受的，所以，也许相见凭缘分，才是对人、对鸟最好的尊重。

长汀的山山水水中，肯定不止海南虎斑鳽这一种珍稀的野生动物，当诗意的山居生活在自媒体平台上成为热捧的对象时，我们也许该意识到，野生动物们才是那里真正的主人。我们去大山里是"做客"，俗话说，客随主便，所以就让我们保守一点，再保守一点。

谢谢长汀的那些提防心很重的可爱鸟友们。

桃花深处杏花开，守尽春色飞羽来。

知识扩展

为什么有的鸟能在弱光下看清东西？

●鸟类眼睛里有两种细胞：视杆细胞和视锥细胞，前者具有夜视功能，后者在白昼活动，在色觉中起作用。习惯夜间活动的鸟类视网膜上的视杆细胞居优势，如夜鹰的视网膜充满视杆细胞，故能在弱光时有效地俘获光量子。

●除了视杆细胞，夜鸟及晨昏鸟类，如鸮类，还具有能适应弱光的视觉系统。它们有极大的角膜、瞳孔和晶状体，便于使其眼睛变长，呈圆筒形，这种结构能够聚集最大量的光。鸮的前向眼也可以增加其聚集光的能力：如果某一目标处在两眼的视野中便能从该目标获得2倍的光。

●需要注意的是，尽管具有上述适应机制使夜视鸟类能聚集更多的光，但也会使在视网膜上成像的质量下降——大瞳孔和高曲率的角膜使像模糊，长视轴也会使景深减小（不利于飞行时始终看清楚猎物）。所以鸮类虽有良好的视觉系统，但在夜间活动时还是离不开敏锐的听觉以及对局部地形的把握能力。

大自然博物记

20

和硫黄鹀捉迷藏

　　对鸟类不熟悉的人，看到一只鹀，大约觉得和麻雀并没有什么区别，更难以理解为什么有人会喜欢去看它，甚至痴迷于它。

　　这不奇怪，因为爱是以了解为基础的。

　　对观鸟爱好者来说，鹀的精彩远非麻雀可比。以歌声为例，繁殖季节，鹀们为爱而歌时，即便是以歌喉婉转著称的鸫类也要甘拜下风。而麻雀呢，你很难听到它们唱出让人心动的曲子，也许是因为麻雀习惯了与人类混居的生活，不用辛苦觅食，听觉系统里又有太多的嘈杂之音，以至于它们对歌声不再敏感。

　　鹀的外貌也比麻雀精致。这倒不是嫌弃麻雀难看，因为凑近了你就知道了：小白脸配上大黑痣的麻雀自带搞笑基因，山麻雀的红脑袋足以萌化人心，还有美髯公一般的黑胸麻雀，仿佛是小小的关云长转世。而鹀的精致来自它与麻雀完全不同的配色。就算是鹀中最朴素的灰头鹀，雄鸟胸口如秋草初黄的配色你怎么可能视而不见？更别说栗鹀那一身透着锈红的栗色在霞光里会有多么迷人了；还有白眉鹀、蓝鹀、黄喉鹀、黄眉鹀等，听听这些名字便知道，在野外遇见它们的时候，你的眼睛一定会为之一亮。

鹀的分布也比麻雀广。雪线上的流石滩中有藏鹀，

和硫黄鹀捉迷藏

蒙古高原的草丛里有栗斑腹鹀，西南的森林下里有蓝鹀，西伯利亚的寒原上飞舞着黄胸鹀，而这些地方，都不是有点"好逸恶劳"的麻雀们待得习惯的。作为观鸟爱好者，去这些地方观赏鹀的同时，心胸也会被那旷远的风景连带着开阔起来，可谓一举两得。

说了这么多，还是说说今天的主角硫黄鹀62吧。

硫黄鹀的英文名叫Yellow Bunting，翻译过来就是黄鹀，这显然暴露了给它起名字的人对色彩认知的匮乏；中文名中的"硫黄"二字准确地描述了它那独一无二的色彩，可又显得命名人有些"理工男"——精准但缺乏情感。任何见过硫黄鹀的人都知道，那是春天的柳芽之色，是槐花未开时汇聚的黄绿之色，比苹果绿淡一点，比海浪沫再深一些，总之，是那么的惹人爱。

我曾在寻找中华秋沙鸭的溪流边遇到过硫黄鹀——它在芦苇上随风晃悠，可我还没来得及看清楚它那可爱的小眼圈，它就不知道被风吹到哪里去了，以至于我不确定自己是否该庆贺终于第一次看到了它。

这次，厦门岛东北部，浦口，一场雨后，我走在草丛和灌木密集的地方。树鹨、黄腹山鹪莺什么的，纷纷被我的脚步惊起。一只鹀也被惊飞了，尾羽两侧的白边在这阴天里犹如闪电一般醒目，这是只灰头鹀63的雌鸟，它停在一根草茎上回头望着我，叽叽地叫着，并没有飞

远。硫黄鹀喜欢和灰头鹀混群，这样有利于及时发现天敌，躲避危险，所以我想找硫黄鹀，得先找到一群灰头鹀才行。眼前就这么一只，显然不符合标准。但是我和老友走了许久，都只能看到零星的，最多一两只的灰头鹀。"硫黄鹀也许已离开了"，我有点泄气地想着。

老友忽然低声喊我，我看见他正用望远镜对着小山坡下的一片建筑垃圾，仔细一听，风中传来此起彼伏的叽叽声，啊！鹀，数量还不少。有戏！急忙忙赶过去，果然是一群灰头鹀正在地上埋头苦吃散落的草籽。

"有硫黄鹀吗？"老友说他看到了，但又不见了。我用望远镜仔细搜索，忽然有一只跳上了枝头，定睛一看，嘿，这么漂亮，不是它还能是谁？孰料和上次一样，还没来得及看第二眼，它又飞了。先前还在地上的那些

63

灰头鹀也突然呼啦啦全都飞到树上，东一只西一只，搞得人不知道究竟该看哪里才好。我们刚回过神，它们又齐刷刷地飞走，连带着望穿秋水、好不容易窥见的硫黄鹀，就像一片片树叶，隐匿在这片树林里了。

所谓人逢喜事精神爽，反过来或许也是对的。我和老友刚刚走近这片田菁，就又听到灰头鹀们的叫声此起彼伏。田菁的枝叶不算密集，所以灰头鹀，哦，不，是硫黄鹀，虽然在距离我们有10米远的茎秆间跳跃，但仍然可以看得很清楚。我手里的相机终于有机会按下了快门。

除了翅膀呈现出砖红色并且带有浓重的墨色条纹之外，它从头到尾几乎都是黄绿色的。硫黄鹀的喙上下之间并非严丝合缝，而是有一点缝隙，这是很多以细小植物种子为主食的雀类的共同特征——有利于磨掉种子粗糙的表皮。这群灰头鹀和这一只硫黄鹀似乎已经确信我们对它们并无威胁，开始绕着我们觅食。那一刻，无论是鸟还是人，都身陷于生活的"小确幸"。

浦口那片地，明年秋风再起的时候，应该就是一片建筑工地了。不出意外的话，那里还会建起高档的滨海酒店，到时候住在里面的游客，站在面朝大海的落地窗前，不知道是否还能看到硫黄鹂飞过的身影？

知识扩展

主要沿着"第一岛链"迁徙的鸟类

● "第一岛链"的说法源自冷战时期，主要是指靠近中国海区外侧的那条弧形岛屿带，是西方为了遏制中国崛起提出的战略地理概念，通常是指位于西太平洋，北起日本群岛、琉球群岛，中国台湾岛，南至菲律宾、大巽他群岛的链形岛屿带。位于朝鲜半岛南方的韩国有的时候也会被视为"第一岛链"的一部分。在这其中最重要的是台湾岛，因为它位于"第一岛链"的中间，具有极特殊的战略地位，是东海与南海的咽喉战略通道。在整个"第一岛链"中起着承上启下、中间枢纽的重要作用，也是中国走向远洋的良好基点。

● "第一岛链"属于世界上最大的候鸟迁徙路线"东亚 — 澳大利亚西迁徙路线"的一部分。这些岛屿可以为跨海迁徙的鸟类提供上升气流以节省能量，还可以作为沿途的休息站和觅食地，补充能量，因此成为部分鸟类迁徙的重要通道。如果一种候鸟，在中国的台湾岛常见，而在台湾海峡西边的福建非常罕见，那么这种鸟大概率就是主要沿着"第一岛链"进行迁徙的，如日本歌鸲、杂色山雀、琉球山椒鸟等。

大自然博物记

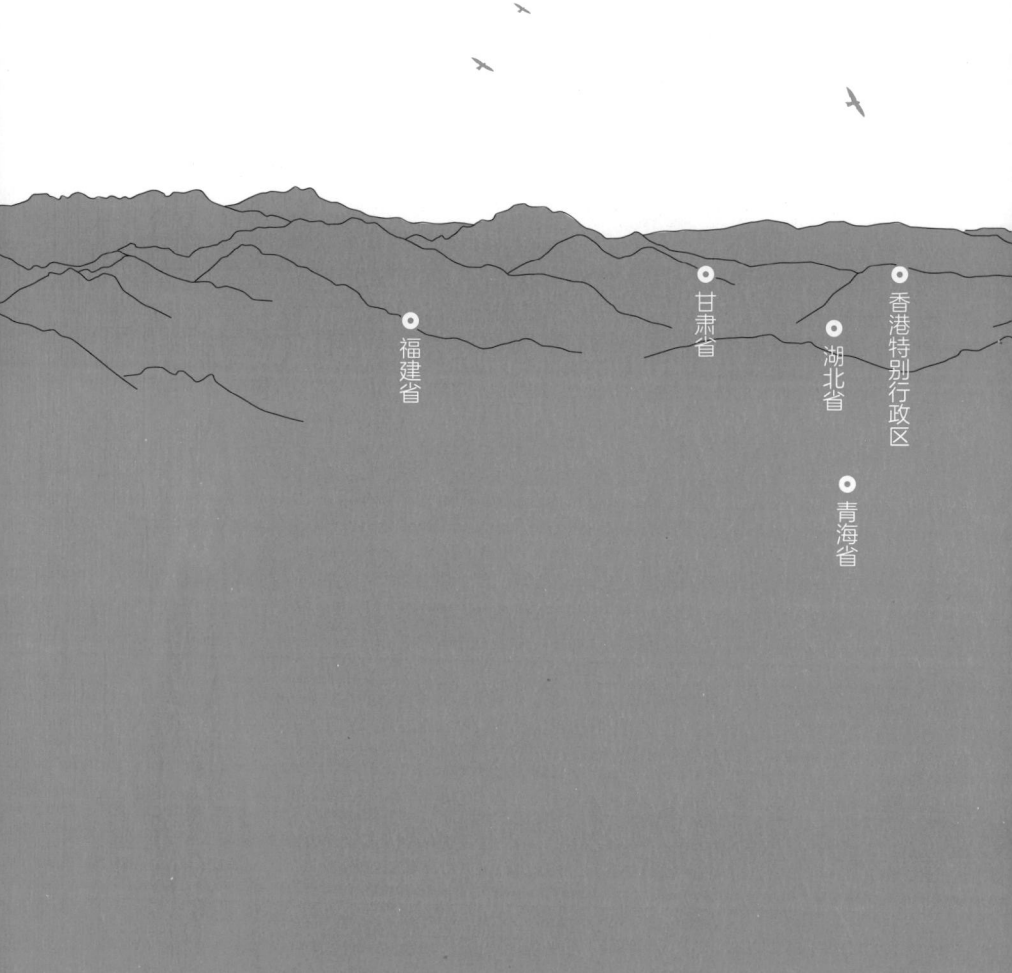

香港特别行政区

甘肃省

湖北省

青海省

福建省

21

春日里的稀客
——栗树鸭

当初来厦门大学读书，冬至的时候，学校食堂门口贴出告示：今日冬至，特备姜母鸭。我暗地里打问号：这公鸭子和母鸭子难道味道不同？非母鸭子不可？后来我才知道自己闹了笑话。姜母鸭，是用姜母（陈年老姜）和鸭子做的，至于鸭子的公与母，不重要。

但若是论外表，野鸭的公母就差别太大了，通常只有公鸭才有华丽的羽毛。比如雄性绿头鸭64（家鸭的祖先之一）头脖上覆盖的辉羽就无比美艳，不输孔雀翎，堪比祖母绿。《红楼梦》里贾母送给宝琴的凫靥裘便是用这些羽毛做的，旁人还以为是孔雀金线织的。凫靥裘并非曹雪芹杜撰，故宫博物院里就藏有一件实物。当然，论美貌，绿头鸭是排不上号的，罗纹鸭、赤颈鸭、赤嘴潜鸭、鸳鸯等，无一不是衣着华贵、四处游荡的公子哥儿，只是绿头鸭的数量多（家养的多），所以才能薅出足够的羽毛做一件裘袄。

我见过中国有记录的大多数野鸭，但没见过栗树鸭。严格来说，栗树鸭不是寻常的野鸭，它不是鸭属动物，而是树鸭科、树鸭属的，在树洞里繁殖，公母外表差别也不大。栗树鸭在海南有稳定的繁殖种群，我三去海南，还做过环岛游，然而只去过尖峰岭观鸟。山上肯定没有树鸭看，所以栗树鸭也成了心心念念的存在。

2019年底，一只栗树鸭65突然出现在广州的大吉沙。大吉沙是珠江上的一处天然沙洲，水稻田、藕塘、桑基鱼塘等人工湿地众多。栗树鸭，以及伴随着栗树鸭一同被发现的、在中

春日里的稀客——栗树鸭

国东部极其罕见的斑胸田鸡，和曾经被广东人从铺天盖地吃成国家一级保护动物的黄胸鹀（禾花雀）的出现，都令大吉沙一时间成为舆论关注的焦点。好在广州生态意识觉醒的速度远快于国内很多地方，广州城区的面积在不断向周围扩大，我不知道未来大吉沙会变成怎样，但至少目前来看，这里依然是片安宁之地。

2021年春节之后，我终于站到了大吉沙的土地上。而那只神奇的栗树鸭，有的人说它已经消失了，有的人说它还在。

不管栗树鸭还在不在，大吉沙的鸟真是多啊！

荷塘去年夏天出生的黑水鸡66们还有些稚嫩，胆子却不小，到处乱蹿，搞得原本躲在田埂角落里安享爱情的扇尾沙锥67们，觉得还是趁早飞走，躲着点这帮"愣头青"们比较好。

天空中的普通鵟，魅影一闪，落在防风林的背后；红隼，先是像有一根长线牵绊着的风筝，忽然又好似失了疯一般急速坠地。你不用担心，该担心的是田里的老鼠，它的春天还没开始就这么结束了；而那只红隼，此

65

刻又像是借着风力挣脱了线儿束缚的纸鸢，飘向了天尽头。

　　红隼从我的视野消失的时候，栗树鸭出现了。它与我隔着一块近乎干涸的田地，在一汪浅水之中轻轻地游弋。那片池塘的水也所剩无几，中间有一处小"岛"，栗树鸭有些费力地走了上去。如此我们站在路边便可以看得很清楚。栗树

66

鸭体形偏小，颇为秀气，一副泰然自若的模样，通体呈现出淡淡的小麦色；有些地方毛色深一些，像我在博物馆里看过的秘鲁安第斯山脉文化里的陶土色；还有些地方，比如翅膀的位置，仿佛是耐火砖一般，色彩的炙热感出乎意料。栗树鸭脖子修长，脑袋因此显得偏大，再配上乌溜溜的大眼睛，萌感十足。它很安静，无非是转转脑袋，或者偶尔走上几步。然而春日当空，我和同行的鸟友们足足看了二十分钟才依依不舍地离开。

乡间小路边，柠檬花开了，甜蜜的香味随着蜜蜂振动的翅膀在空气中散播开来；桑葚也红了大半，忍不住伸手采几个塞进嘴里，这些都是春天的味道呢！

就在这春光里，用半日闲情，闻得鸟鸣，看着鸟影，甚是

欢心。珠江的水很清澈，也不知道是由多少春雨汇集而成。大吉沙的未来，包括这只让人看不太懂的栗树鸭的未来，也同样令人期待！

知识扩展

树鸭的繁殖方式

● 树鸭以栖息、营巢于树上而得名，树鸭跗跖（脚部没有羽毛的部分）比一般鸭长一些，下部有网目状鳞片，这些都有利于它们在树枝上行动。但坦率地讲，它们在树上的步伐丝毫谈不上灵活。

● 树鸭的生活和繁殖方式都比较类似。以栗树鸭为例，通常栖息于丘陵地带面积不大的浅水区域，或者水库中潮湿多草的小岛上；也喜欢结小群活动于湖泊、沼泽、红树林及稻田。白天通常不太活跃，飞行力也不强，潜水本领却很厉害，以植物种子及嫩茎叶为主食。每年春夏之交进入繁殖期后，就开始在树上、地上草丛中、芦苇沼泽地、树洞中营巢。求偶和交配则都在水中进行，交配非常有仪式感，首先是雌雄鸭一起游泳，然后雄鸭不断地向雌鸭表演以嘴浸水的动作，雌鸭则保持一种竖直的姿势，雄鸭会看准时机，突然爬到雌鸭背上进行交尾。巢由草叶和草茎构成，雌雄鸭共同孵卵，孵化期大约一个月。如果巢在树上，鸭宝宝们出生后就会在父母的鼓励和带领下，接二连三地从树上跳到地面，然后再前往安全的水域。

22

安能辨我是雄雌
——大鸨

大鸨是匈牙利的国鸟。每年冬季，大鸨从北方飞到华北平原和黄河中下游地区越冬，生活在中原地区的古人觉得这鸟好奇怪啊——只看到雌鸟，种群数量却一直能够扩大，因此臆想大鸨"水性杨花"，其他任何鸟都可以向它求欢。

未观鸟之前，我看到古人这样记载时真心觉得不解。大鸨的求偶行为非常具有戏剧性：有漂亮大胡子的雄鸟，在风中望去绝对是堪比关公的美髯公，且动辄将翅膀打开并且和尾上覆羽一同翻过来，将白色的尾羽和翅下的白羽翻成花状到处炫耀，宛若草原上盛开一朵硕大的、会行走的白色大丽菊；雌鸟则一如既往地闲庭信步。如此显著的雌雄差异古人怎么会视而不见呢？

◉　河南省

后来我知道了，雄性大鸨[68]的漂亮胡子是繁殖羽，冬季就没了。冬季也不是发情季，所以其行为和雌鸟看上去也确实没什么两样。

若干年前我得知在河南孟津有小群的大鸨越冬，后来知道北京郊区也有个位数的大鸨出没，再后来听说黄河边某个地方的大鸨数以百计。

2021年就要结束了，那天忽然见到鸟友在朋友圈里发了一张大鸨的照片，我一冲动，就定了去郑州的机票。

下了飞机，我和鸟友驱车直奔黄河滩地。

路上看见天空中飞来的黑影，但那不是大鸨，是普通鸬鹚。啊！又有鸟儿飞过了，可那么匆忙的身影，显然是普通秋沙鸭。远处一大群是什么？看不清，但绝不可能是大鸨，数量太多了，至少以千计。大鸨要是在一个地方能有这么多，就不至于被列为国家一级保护动物了。是灰鹤！相比于依旧模糊不清的影子，它们高亢的歌声随着黄河边的狂风已率先钻进我们的耳朵，如此壮观的鹤群，除了在鄱阳湖我还是第一次见。

灰鹤越飞越近，有些径直从我们头顶飞过。满世界都被灰鹤翅膀扇动的声音覆盖着，然后又被它们的鸣叫声穿透，天空、大地、河流、甚至风沙，都是它们的舞台。而我们只是旁观者、记录者和心存敬畏者。

大鸨呢？

黄河像一条被驯服的巨龙向东流，河滩上的泥沙细如粉尘，一阵风就能卷起一团黄色的迷雾。我有点吃不消，只好躲进车里，望着天空中悬停的黑翅鸢出神——羡慕它那可以穿透一切的红宝石般的眼睛。

黄河滩上的保护站外有一根巨大的钢铁柱，上面安放了数个摄像头，保护站内的大屏幕上，一个个画面对周围的一切进行着24小时的监控。工作人员说早晨8点左右看到几只大鸨，但现在已经找不到了。这消息让人有点高兴又不免令人失望。我们决定继续去找一找。

同行的鸟友在河南调查越冬的大鸨种群多年，当我问她有没有见过雄性大鸨的时候，她说见过，还掏出手机里的照片给我看。果然雌雄看上去并无太大的差别，只是雄鸟明显个头要大一些，腿也显得粗壮不少。

我这才得知成年大鸨雄鸟也许是因为体重过大，大多并不迁徙，或者迁徙的距离很短。飞到黄河边越冬的个体大多是雌鸟或者雄鸟的亚成体，个头差异小，所以看上去很像。至于新疆的大鸨，是独立种群，并不会迁飞到这里，而此处的大鸨，都是来自蒙古高原（包括蒙古国）。这也就解释了为何中原地区的古人觉得大鸨都是雌鸟的缘故。相比而言，前来越冬的鹤类虽然动辄聚集成数以百计的大群，但是活动则是以小家庭为单

安能辨我是雄雌——大鸨

位——父母带着身上黄褐色尚未褪尽的幼鸟，一望便知是一家子。可惜的是，这一天我们还是无缘与大鸨相见。好在后来又在一片湿地中见到花脸鸭、小天鹅、青头潜鸭等比较少见的鸟类，我没见到大鸨的遗憾，也就渐渐平淡了许多。

第三天清早，因为还是放不下心心念念的大鸨，天还没完全亮，我们又来到了黄河滩地。

我们站在黄河大堤上，单筒望远镜里，黄河对岸的麦田中空无一人，也不见大鸨。与此同时，在黄河新修的数座大桥上，早已是车水马龙。工业社会里的人们远比农耕时代要忙碌得多。大鸨们也在调整自己以试图适应人类带来的变化。

千百年来，在郑州附近越冬的大鸨，对人类在黄河滩上种植的冬小麦情有独钟。在玉米地一度取代麦田的岁月里，大鸨就只能悻悻地离开。近些年玉米价格下跌，冬小麦又成了田地里的主角，大鸨便又重现于此。信息时代，农民决定种植玉米还是小麦，更多的是取决于市场因素，但是大鸨不懂市场，如果要有稳定的大鸨种群来此越冬，那就非要有稳定的冬小麦种植地不可。

如今的黄河滩，大多都已经是自然保护区。不同于我们传统意义上了解的那样，即保护区绝对禁止人们进入，这里不是。以黄河那调皮又莽撞的个性，它每年都在改变着这里的地貌与河道，所以在滩上种点小麦非但不会造成什么不良的生态影响，反而能为来此越冬的冬候鸟们提供口粮——只要农民们不打农药，不惊扰鸟类即可。黄河的脾气大，这里的农民兄弟们习惯了靠天收，正好！

黄河向北拐了一个弯，留下一片浅浅的水滩，先前混浊的河水也因泥沙沉淀变得澄澈，泛着蓝绿色的光，像是新抽的竹青色。我瞥见水面上有一只小天鹅，随即将车停下——看不到大鸨，欣赏一下小天鹅的优雅也是不错的选择。眼前的小天鹅独霸这片水域，它高昂的头颅透着王者的高贵，阳光令它的洁白显得纯粹甚至刺目，叫人一度难以直视。我终于忍不住拿出相机拍了几张，却总不能满意。

大鸨，始终是此行我最想见的鸟！

我把相机对准了黄河对岸，因为那边飞来了两只鹤，它们那阳光下白得发亮的头部让我怀疑自己是不是交好运遇见了罕见的白头鹤。可惜，等它们落定了一看，依旧是灰鹤。等等，旁边还有两只，不，是三只好像也是鸟的是什么？实在是太远了，透过相机的取景框只能见到三坨淡黄色，难道是？

放大，放大，再放大！

大鸨！百分之百的大鸨！而且是一雄两雌！

三只大鸨，两只迎风而立，一只低头觅食。雄鸟灰脖黄颈，头颅高昂，像一只缩小版的鸵鸟，器宇轩昂。仔细看，其小腿肌肉明显比雌鸟发达许多，在腹下露出一大截。雄鸟的颈部颜色似乎比雌鸟也要深一些，雌鸟接近月夜白，雄鸟更像是玛瑙灰；至于胸口，则都是谷黄色；背和尾的花纹看不清楚，整体上呈现出一种软木色。我沉浸在望远镜的视野里迟迟不肯抬头。

是的，大鸨距离我们至少在500米开外，但这没关系，关键是看到了，而且是在黄河边看到的。也许这就是"不到黄河不死心"的原因吧，哈哈哈！

知识扩展

● 鸨属于大中型陆禽，形态像鸵鸟但善于飞行。全世界有 26 种鸨，中国有 3 种，分别是大鸨、小鸨和波斑鸨。大鸨在黄河下游和长江中下游之间越冬，所以很早就被中国人留意到。小鸨和波斑鸨在中国境内比较罕见，目前仅在新疆地区发现有少量繁殖种群。大鸨在繁殖期时，雄鸟会聚集在一起进行求偶炫耀，吸引雌鸟，然而帅气的大鸨爸爸们并不是负责任的好爸爸，孵卵和育雏工作全部由雌鸟承担。大鸨和小鸨都喜欢集群活动，波斑鸨则通常单独或者以家庭为单位活动。

● 这 3 种鸨胆子都很小，很容易被惊飞。因为身体较重，仓促飞行极度消耗体能，且很难观察清楚周围环境，撞到电线负伤甚至死亡等事例均有发生，所以观察鸨类，尤其是体重最重的大鸨时，应注意保持适度距离，切忌逼近。

大自然博物记

23

神农架鸟鸣如歌

神农架的小龙潭景区内最让人称道的做法，是对溪流上一座小桥的命名，它用的是第一位对神农架地区进行科考（1943年）的中国林学家王战的名字。在那次科考调查中，王战发现了水杉，轰动植物学界。我顺着木栈道走了一小段，没见到潭，只见到溪流里有众多的蝌蚪。

一只鸟儿在杉树林里自由地歌唱，它的声音节奏稳定，情绪平静，但音色无可挑剔。不幸的是，杉树林里的幽暗藏不住那声音的光芒，却藏住了它的模样。声音从头顶传来，又被四周的树干反射，像是站在涓流下等着冲凉的时候，调皮的风儿却将落水吹得时远时近，让你捉摸不透一般。

⊙ 湖北省

耐心是唯一的经验，它终于从贴近主干的位置跳到了树杈中，露出了半个脑袋，进而是半个身子。我知道它是谁了，在云南高黎贡山的密林里我曾见过它，没想到在这里重逢。橙胸姬鹟69属于胆小的林栖型鸟类，除了金属质感强烈的颤音，它真的很低调，连身上的色彩都是近乎杉树树干的那种灰暗色调。不错，它的胸口确实有一抹靓丽的橙色，但是它并不爱显摆，只有唱累了，伸伸脖子的时候你才能恰巧看见。也许对橙胸姬鹟来说，这一小块足以明艳山林的色彩，是为"心爱的它"准备的，并不肯轻易展示。

森林里的鸟很多，如果都像橙胸姬鹟这样低调，那观鸟的难度会直接吓跑很多初学者。观鸟能迅速普及，多亏了那句话"林子大了什么鸟都有"，有安静胆小的，就有活泼好动容易让你看见的。

在神农架的这两天，灰头鸫和灰翅鸫70兄弟俩给我留下了极其深刻的印象。灰头鸫在其分布区确实不算难见，夸张一点地说，到了堪比东部城市里最常见的鸟类之一"乌鸫"的地步；然而灰翅鸫在我的印象里对人素来

69

是避让三分的，令人困惑的是，在神农架，我半天内见到的灰翅鸫比我之前十几年观鸟生涯里见到的总和还要多。它们喜欢在山区公路的排水沟里觅食，经常被车辆的呼啸声惊得猛然飞起，急匆匆地躲进山坡上的树林里。

问题是这里的车流四季不停，日子不能总是慌慌张张地过吧！所以有一些灰翅鸫学会了"处事不惊"：它们会先轻轻地跳到马路牙子上，左右打量一下再做决定。如果只有车，没看到人，它并不着急飞走；但凡觉察到了一点人影，灰色的翅膀一抖，一道黑影，逃之夭夭。

要问我来神农架最想看见的是什么鸟？那肯定是红腹角雉71！除了在秦岭，我还没在别的地方见过这种奇特的鸟类，现在是育雏季，能在神农架遇到它的概率不会低。

不过我也没想到我们与红腹角雉的相遇会如此戏剧性。

傍晚时分，我们开车"刷"山路，远远地就看到一只红腹角雉的雌鸟带着一只雏鸟向山坡方向横穿马路，这种场景在观赏雉类的时候挺常见。我们将车慢慢靠近，眼见着一个小煤球一样的雏鸟跟在鸟妈妈后面掉进了排水沟，又爬上了山坡。这个山坡不仅陡峭，还光秃秃的，只有排水沟附近有一小丛低矮的灌木可以提供掩护，这意味着我们有了拍摄机会。

　　我们拿着相机下了车，两人举着相机对着那丛灌木刚站稳，红腹角雉雌鸟猛地从灌丛里冲了出来，它本想向山坡上飞，但很快意识到此路不通，于是咯咯大叫，掉头改变路线，结果变成了径直向我们飞奔而来。

　　我们都没想到会来一场正面"冲撞"，全都蒙住了，也没办法躲闪。那鸟儿速度也快，根本来不及转弯，于是它有些无奈地直接从我和鸟友之间的脚下跑过。我俩低头看着它跑，却因为距离太近手里的相机根本对不上焦。

　　穿人而过的雌鸟本已经冲到路下方的坡面，忽然想起来一件大事，于是又冒出头来，耷拉着翅膀，做出拟伤的行为——我们知道她是想掩护她的孩子。看着它着急忙慌的样子，又想到灌丛里那只"小煤

神农架鸟鸣如歌

球"此刻可能已经吓得瑟瑟发抖了，"幼吾幼以及人之幼"嘛，我们急忙撤开！

后来我们从相机中翻出一张勉强清晰的雌鸟的半身照，成了"撞"见红腹角雉的见证。

除了极少数鸟，神农架观鸟最大的体验就是要么没看到，要么看到了但看不清。

神农架的夜晚，小杜鹃的叫声响彻山林，大半夜的确实有些烦人。但古人说了："杜鹃啼血"，这么一

想，也就算了，大家都不容易。我本想去找鼯鼠和猫头鹰，也因为觉得太冷，最后还是决定在宾馆里开着电热毯美美地睡了一觉。

来神农架本想放松放松，结果从天亮到深夜，面对花、鸟、蝶、蛾等，我一刻都没闲下来，哪能不累？这小杜鹃似乎永远都停不下来的叫声，就当是我的催眠曲吧。

71

毋庸怀疑，当明日在神农架鸟鸣如歌的清晨醒来，幸福一定是带有甜味的！

知识扩展

燕窝是什么？

●燕窝，是雨燕科的金丝燕属和侏金丝燕属的部分金丝燕分泌出来的唾液，再混合自身的羽毛筑成的巢穴。通常市场上认为的高品质燕窝是爪哇金丝燕或者戈氏金丝燕的窝，它们基本上是纯的唾液，但是多少也会混进一些金丝燕的羽毛进去，必须要人眼、人手去挑。所以不良商家为了省去成本，就会直接把整个燕窝给漂白，对食用者的健康很不利。

●还有一种燕窝叫血燕，传说是金丝燕先做一个巢，被人拿走了，再做一个巢又被人拿走，到最后它的唾液不够用了，它呕唾液时会一直呕到把血吐出来，此时它的巢就是红色的，沾满了它的血。但是这个情况并不会发生，只是传说而已。自然界里一些燕窝确实会带有红色，是因为山洞崖壁上溶解出的一些矿物质，把燕窝给染红了，这种红不会很均匀，红得非常均匀的都是人工造假的结果。即使是天然的血燕也因重金属超标较多，对健康也有害。

●现代科学表明燕窝的"功效"主要源于安慰剂效应，营养价值其实很低。燕窝的非理性消费热潮也令野生金丝燕种群的数量受到了严重威胁。

大自然博物记

24

三江源猛禽的
"廉租房"

三江源的猛禽其实很可怜的。看上去它们高高在上，统御天空，但往往连个筑巢的地方都找不到。没有家，哪来的幸福？

三江源地区基本都是高寒草原，视野里经常连一棵树都找不到，根本没有适合猛禽筑巢的地方。只有在远山中的一些岩石缝隙可以利用，那里高大的云杉林也可以用来搭建爱的家园。问题是对大多数生活在三江源地区的猛禽而言，山林地区并非理想的捕猎场所，大草原上才有像鼠兔、高原兔和旱獭这样唾手可得的美餐。

三江源国家公园的官方宣传形象选了大鵟作为代言。鵟，如果用猛兽的等级来形容的话，人们谓之"鸟中之豹"，大鵟是其中个头最大的一种。

◉ 青海省

163

在视线几乎没有任何遮挡的草原上，体态硕大的大鵟72很容易被发现。它们浑身褐黑，像一尊尊铁塑的神将蹲守在那里，有时候也会低空飞过——翅膀缓缓地，但同时也是十分用力地将空气压制在身下，从而缔造出一种不真实的、轻盈的浮动感，将它们帅气的身姿托举着。每当此时，大鵟像极了

旧时代巡视疆土的领主，看着那些卑微的臣民，尤其是鼠兔们，充满惶恐地四散而逃，心底的得意难以遏制。

我经常在西部高原地区游玩，大鵟是较为常见的猛禽，但三江源地区的大鵟密集度之高远远超出了我的想象，几乎每一天我们都能遇到近在10米之内的拍摄机会，甚至到了与大鵟彼此熟视无睹的地步。为什么会有这么多大鵟？

72

三江源猛禽的"廉租房"

中国各地方政府最近几年都在争抢人才，为此不惜出台各种优惠政策，最管用的一招毋庸置疑——给房子。筑巢引凤，无论是何时何地都不会错。三江源的大鵟多，随处可见的"招鹰架"也功不可没。

招鹰架就像是人类为猛禽们建设的廉租房，其实就是在草原上立一根柱子（大多是水泥柱），上面再放一个横架用来给猛禽落脚，以及一个盆状架让其用来做窝。横架和盆状架通常是铁质的。鹰巢大多都不那么精致，草原上为数不多的灌丛枝丫、经幡上被风扯碎的哈达、别的鸟儿遗落的羽毛、衰草等，都可以用来做巢材，只要底儿不漏就好。

招鹰架解决了文章最开始提到的"猛禽们吃饭和居家相距过于遥远"的难题，自然大受欢迎。在三江源地

区，我们所见的招鹰架无一闲置。不仅仅是大鵟，猎隼也堂而皇之地享有着这专设的"廉租房"。

招鹰架也为科学研究提供了便利，摄像头对准鸟巢，猛禽们整个繁殖季所有的行为都可以通过位于室内的远程终端了解得一清二楚。以前必须经受野外风吹日晒的煎熬才能做的监测工作，再也不会专属于不怕黑的科研人员了。

大鵟是鵟中的老大，猎隼73差不多也是隼中的"暴力一哥"，整片三江源都在他俩的统治之下，鼠兔和高原兔的总数自然就能得到控制，各种鼠类、旱獭等容易传播鼠疫的类群也不可能兴风作浪。而且由于三江源地区的鼠类及鼠兔类等易捕的食物来源异常丰富，大鵟和

73

猎隼对其他鸟类、两栖爬行类动物及哺乳动物和它们幼崽的攻击性自然就会下降，所以招鹰架的存在并不会对其他物种造成太大的影响。人类的智慧与大自然的调节之手在三江源地区，就这样巧妙地共同实现了一个平衡，令整片区域的生态系统得以健康发展。

感谢招鹰架，我们第一次见到了大鵟和猎隼毛茸茸的幼崽们，也第一次见到了反复尝试振翅欲飞的少年们；雄鸟带回家的食物，雌鸟负责撕扯和喂养，已经从巢里跌落在地上还没有学会飞翔的少年们，眼神中也找不到丝毫的恐慌——它们知道自己是王者，所以只需要拼命地挥动尚且稚嫩的翅膀，总有某一个时刻，它们可以一飞冲天，成为空中霸主，统御草原。

知识扩展

三江源国家公园

● 三江源国家公园位于中国的西部，青藏高原的腹地、青海省南部，平均海拔3 500～4 800米。三江源为长江、黄河和澜沧江的源头汇水区，被誉为"中华水塔"。

园区总面积为12.31万平方千米，比5个台湾岛还要大。

● 三江源国家公园以山原和高山峡谷地貌为主；中西部和北部为河谷山地，多宽阔而平坦的滩地，因冻土广泛发育、排水不畅，形成了大面积以冻胀丘为基底的高寒草甸和沼泽湿地；东南部唐古拉山北麓则以高山峡谷为多，河流切割强烈，地势陡峭。公园内地质成土过程年轻，冻融侵蚀作用强烈，土壤质地粗，以高山草甸土为主，从东南向西北分布着高山灌丛、高寒草甸、高寒草原、高寒荒漠组成的高寒生态系统，雪峰、冰川、山岩、土壤、河流、湖泊、植被、野生动物等，都保持着纯自然发育的过程。三江源地区湿地资源丰富，主要分布着湖泊型湿地、河流型湿地和沼泽型湿地3种，以扎陵湖、鄂陵湖及星宿海小湖泊群形成的湿地是典型的湖泊湿地；黄河源区河床较宽，水流缓慢，入河溪流多，水生植物生长良好，便发育成为河流型湿地；由丛生的草丘、水洼和草茎腐烂发育成的沼泽，以及热融湖塘生长着高寒嵩（gǎo）草的沼泽草甸，在江河源区呈斑状广泛分布。

● 三江源国家公园地处青藏高原高寒草甸区向高寒荒漠区的过渡区，主要植被类型为高寒荒漠草原，高寒垫状植被和温性植被有少量镶嵌分布。目前已知有维管束植物760种，分属50科241属；野生陆生脊椎动物270种，其中国家一级、国家二级重点保护动物有雪豹、藏羚羊、野牦牛、藏野驴、白唇鹿、马麝、金钱豹、黑颈鹤、白尾海雕、金雕等，累计超过50种。

三江源猛禽的"廉租房"

25

王者花落谁家

说起鸟类中的王者，大多数人首先想到的一定是猛禽。

这次来到青藏高原的腹地——三江源地区，遇到的猛禽却比想象中的少，大型猛禽中除了食腐的高山兀鹫和胡兀鹫，也就金雕、大𫛭和猎隼常见一些，这让我有点儿小失望。毕竟在同属青藏高原的若尔盖草原，以及天山南北的高山牧场，数种猛禽同时出现在天空中犹如王者莅临的气势，曾是我经历过的最令人回味无穷的旅途记忆之一。

既来之则安之。

高山兀鹫74是著名的"清道夫"，而且很常见，很多对鸟类并不感兴趣的朋友在西部旅行的过程中，都可能会拍到一两张一群高山兀鹫分食牛羊尸体的画面。

◉ 青海省

兀鹫的头为什么是秃的？是为了避免羽毛粘上血渍。

我们曾在驱车途中忽然看见路边有一具血渍未干的动物尸体，同时一个巨大的黑影从车旁闪过，毋庸置疑那一定是一只高山兀鹫。我们决定倒车回去拍一下被分食的动物尸体（做科普宣传的时候用得上），果不其然，一只满头鲜血的高山兀鹫蹲在不远处，舍不得离开它独享的饕餮大餐。

高山兀鹫的爪子厚重但并不锋利，无法像雕、鹰那样抓捕猎物，但是锐利的眼神和强壮的喙在发现和撕扯动物尸体方面可谓天赋异禀。更有甚者，有时候它似乎会"预见"死亡：岩羊是登山高手，但偶然失足坠崖也是有的，鸡贼的高山兀鹫很喜欢在悬崖上盘旋于进退两难的岩羊周围，等待悲剧的发生。

胡兀鹫[75]和高山兀鹫类似，但其个头稍小一点，秀肌肉比不过高山兀鹫，所以抢尸体也轮不到它。但是它可以消化高山兀鹫无法消化的骨头，并且可以从中获取营养，所以它不像高山兀鹫那么着急，一发现动物尸体就如虎狼一般群扑过去。它在一旁等着就好，等高山兀鹫抹一抹嘴角心满意足地离开，留下的

74

骨头自然就是它的专属美味。

在食腐界，如果说高山兀鹫是王，胡兀鹫就是继承大统无望的亲王，所以戏份总是很多。胡兀鹫很在意自己的外表：首先，它才不要做个秃子，胡兀鹫头顶的金发很浓密；其次，胸口的金毛和足上的"金靴"充满了拜金主义时代好莱坞电影里的浮夸感；第三，就连眼睛都必须与众不同，外红内白，再加上黑色的"眼影"，随时准备着可以扮演某一个狠角色吓唬吓唬小朋友；而最最独特的，就数它的两撇小胡子了，我一度怀疑古代契丹武士眉侧各有一缕长发垂颊的奇特发型，就是源于它。

高山兀鹫和胡兀鹫都会把自己的家安在悬崖之上的

凹洞里，但是统御悬崖及周边草原的真正王者是金雕。它们比邻而居，彼此互不侵犯，可是谁都清楚金雕才是老大，哪怕高山兀鹫可以几十只集成一大群，但是它们并非像草原上的狼家族那样团结一心。在金雕眼里，它们不过是为了食物才聚集在一起的"乌合之众"，所有高山兀鹫的心中都只有那摊腐肉，不足为虑。

金雕76出现在山谷上空的时候，我们正低头看着黄土地上常有但青藏高原上难得一见的胭脂花，也在为溪流里忙忙碌碌、觅食育雏的河乌感动不已，忽然间就觉得都应该抬头看看天空，仿佛有一个无声的宣告在头顶喝道："大驾光临，尔等跪迎。"

金雕并不像很多人以为的那么罕见，它在中国的分布很广。我人生中看见的第一只金雕，是在去王朗自然保护区的路上，死里逃生之后所见。后来陆陆续续见过

76

多次，但依然觉得兴奋，甚至在它偶尔显得狼狈不堪的时候亦是如此。金雕号称中国的"猛禽之王"，能让它陷入尴尬的只有号称"鸟界黑社会"的鸦科"悍匪"们，不过这种场景毕竟不多见，更多的时候，是大自然无情的风雨才能让纵横天空的王者显得有些不知所措。

我们在另一个峡谷里又一次看到金雕，它几乎是贴着崖壁飞行，突如其来的大雨令我们和它一起成了落汤鸡。和忙于躲进车内的我们不同，它只是在某块突兀的石头上稍作停歇，竟然又开始冒雨飞翔：先是消失在峡谷尽头，转而又飞将回来，爪子下带着猎物。雨势不减，它的羽毛并不防水，它挥舞翅膀的频次显然比平时要高出很多，往昔御风翱翔的它，如今是一副拼尽全力的模样——它的妻儿正在崖壁上的巢内等它带回今天的午餐。

究竟是哪一种状态下的金雕更加帅气？我说不好，也许这便是王者生活的两面性。

其实真要说到三江源地区鸟类中的王者，窃以为有两种巴掌大的小鸟——赭红尾鸲77和蓝额红尾鸲78——也可以享此殊荣。之所以称之为王者，是因为除了少数超高海拔地区外，它们的身影几乎每日都伴随着我们。

这两种红尾鸲对高原的适应性让我惊讶，我本以为红尾鸲都是娇滴滴的美人儿，只生活在物种多样性非常丰富的山林区域，没想到它们时常化作高山岩石上的精灵，或者云雾中密枝杜鹃上的天使，出现在我们面前。它们从不停止喧闹、永远带着嬉笑，仿佛育雏季节的辛劳是不存在的，一切都不过是一场"过家家"的游戏，既轻松又开心。

红尾鸲的雏鸟们都被藏在岩石缝隙里或者密匝的枝条中，很难看见，但若仔细听，你能听到它们呼唤成鸟的细微叫声。声音柔弱，却令所有的"王者"心甘情愿地被其反复召唤，不厌其烦。

王者花落谁家

25

　　那谁在崖壁上的岩洞口隔着扎曲与我们相距数百米，高倍的单筒望远镜也无法清晰分辨它究竟是谁。应该是一只少年秃鹫吧？我们怀疑着，也只能是怀疑。它在黄昏的夕照中被我们发现，又在黄昏的雨中模糊、消失。

　　三江源的王者究竟花落谁家？

　　其实，万类霜天竞自由，能活着就已经是最好的上榜理由。亲爱的读者，你们说呢？

知识扩展

●随着三江源国家公园的成立，青藏高原尤其是三江源地区已经成为重要的生态保护热点地区，采取什么样的保护方式才是最合适的？不能仅仅凭借热情和资金投入，我们还需要用科学来说话。

●科学家们为此在位于三江源东南部的年宝玉则地区进行了系列调查和研究。研究结果表明，在青藏高原东部，鸟类群落的多样性、特有性分布在空间上是不一致的。灌木有利于维持较高的鸟类多样性，但特有种的密度较低；灌丛与草甸交界处特有种的多样性较高；草甸生境具有较高的鸟类及特有种密度；退化草甸的鸟类多样性最低，但种群密度很高。因此，从景观角度来看，维持青藏高原栖息地类型的多样性对于保护鸟类多样性和特有性都至关重要。牧民在不同草场上的放牧强度差异，是形成栖息地类型多样性的主要因素。研究发现，青藏高原草甸景观的空间垂直复杂度高的地方，往往能够形成鸟类多样性分布的热点。

大自然博物记

●研究显示，在青藏高原东部高寒草甸区域，由于人类活动范围和强度有限，对于鸟类保护并没有显著的负面影响。季节性草场的使用和人类建筑物（如经幡）反而丰富了鸟类栖息地的垂直和水平多样性，有利于鸟类多样性和特有种的保护。

26

辛苦育雏的
鸟爸鸟妈

外甥刚刚参加完高考。他刚出生时，姐姐、姐夫因为一个在读研究生，一个工作，暂时两地分居，我父母，也就是娃的外公外婆，被紧急召唤过去带孩子，一带就是十八年。三年前，娃上高中，开始在学校寄宿，外公心底还颇为失落。在养育后代这件事上，按咱们中国人的传统，长辈可谓是"费心费力"。

我们这次三江源的旅行也颇有意思，旅行的时间是特地挑的——6月的高原，花好虫子多，鸟类正处于一年一度的繁殖季。一路上，我们看到了无数鸟爸鸟妈辛苦育雏的场景，也少不了巢寄生的大杜鹃夫妇只顾着自己大啖（dàn）毛虫的画面。有些镜头印象颇深，虽然知道所见的一切只不过是动物本能，但还是会情不自禁地感慨，所以要分享给你们。

今天故事的主角有4位，分别是一只回家送饭的红喉歌鸲、一只累到羽毛磨损的白顶溪鸲和一对放手让孩子应对困境的猎隼夫妇。

红喉歌鸲**79**曾是著名的笼养鸟（如今笼养红喉歌鸲是非法的），首先是因为它漂亮，胸口就像是系了一块红方巾，艳光四射；其次是因为它叫声婉转悠扬，比画眉轻柔，比八哥灵动，比百灵悠扬。看着那些提笼架鸟的养鸟人守着笼子中的红喉歌鸲一个个就像是看宝贝儿子一般的眼神，你很难说这不是一种爱，但又很难认可这是真正的爱。

夜雨初停，阳光在清爽的青海互助北山的山谷里为我们投下长长的影子。这是一座小山村，有结伴步行上学、向我们投来好奇眼神的儿童；有心无旁骛、专心捡柴火准备回家做饭的老人；也有雉鸡在山坡上伸着脖子昂头大叫，激动得好像太阳是它呼唤出来的一般。村里的大公鸡们面面相觑（qù），它们小声嘀咕又不免羡慕："凭啥它脖子上的羽毛那么漂亮，千峰翠哎！"

溪流沿着乡间公路唱歌，红喉歌鸲出现在农家院门口的一处柴火堆上，胸口燃烧着小太阳。它的嘴里叼着一只虫子，没有一口吞下，而是左顾右盼——它已经身为人父，虫子是需要带回家的。于是它开始了一场小小的远征：它并没有径直飞回巢内，而是沿着农家院低矮的院墙根躬身前行——有点像做贼，悄悄地、急忙忙地。杂乱的柴火堆、砖头堆或者是灌丛，都不能阻挡它前行的方向，但它也会时常停顿一下，从原先行进的隐蔽路线中跳出来，将周遭再度审视一番，确定并没有被跟踪，这才一转身钻回去，继续下一段行程。

当它从一丛泛着春绿的杉树苗地里跳出来的时候，嘴上的虫终于没了——它的妻儿就住在那里。小小的红喉歌鸲轻松飞离了巢区，落在一户农家的屋顶，它现在可以唱歌了。整个山谷都在听，小溪放低了喧闹的声调，云雾收起了飘忽不定的心。那些

将红喉歌鸲豢（huàn）养起来的人若有机会听了它此时的歌声，应该会对"什么才是爱"多一点点理解吧。

溪流是山谷的灵魂，白顶溪鸲是灵魂舞者。它是学拉丁舞的，镶着黑边的大红裙子扬起来春色无边。互助北山位于青藏高原与黄土高原的交界地区，是青海省内难得一见的青葱山林。春天的山谷里，溪流两边柳莺满处飞，却无法吸引我们的注意力——这些柳莺就像是主角出场前暖场的群舞者，它们彼此太像了，凭借各自独特的歌唱声虽然可以分辨一二，但是对观鸟者而言，太过缺乏趣味。白顶溪鸲才是主角，它并不罕见，但是它热情、大胆，溪流是它的舞台，作为一名舞者，它是不会离开这里的。我们只需要蹲在溪流边，就可以欣赏到它的精彩大秀。

这只白顶溪鸲从远处飞来，落在我们附近的石头上，嘴里叼着好几只水生昆虫，和回家前需要仔细勘察周遭环境的红喉歌鸲一样，它也始终保持着小心谨慎的态度，奇怪的是它对我们的存在却完全无视。它就这样从一块石头跳到另一块石头，距离我们也越来越近，到最后相机里的画面已经无法容下它只有十几厘米的身躯，逼得我们开始后退，也正是在此时，我们才留意到它华丽的尾羽已经磨损得不成样子了——末端的黑边几乎已磨损殆尽。繁殖季的辛劳让鸟类体内的营养成分消耗得很快，艳丽的羽毛此时已是难以承受之重。

白顶溪鸲放弃了华美舞姿不可或缺的"长裙"，换回来嗷嗷待哺的子女们即将成长为新一代"舞王"。岁月似水无情地溜走，但是父母对子女的爱，却会被一代代地传承下去。

三江源黄河源头区域，招鹰架上猎隼的巢内，绒毛未褪的宝宝们还在嗷嗷待哺，羽翼初齐的长子已经落在草原上正准备开始鸟生的第一场冒险。

行动快如闪电的父母就在身边，猎隼少年不用担心狐狸或者狼的突袭，它只需要张开翅膀适应一下有风吹过的感觉，顺便习惯一下草原上混合着泥土和各种动物粪便气息的芬芳的花香。它看到了我们，有一点点紧张。

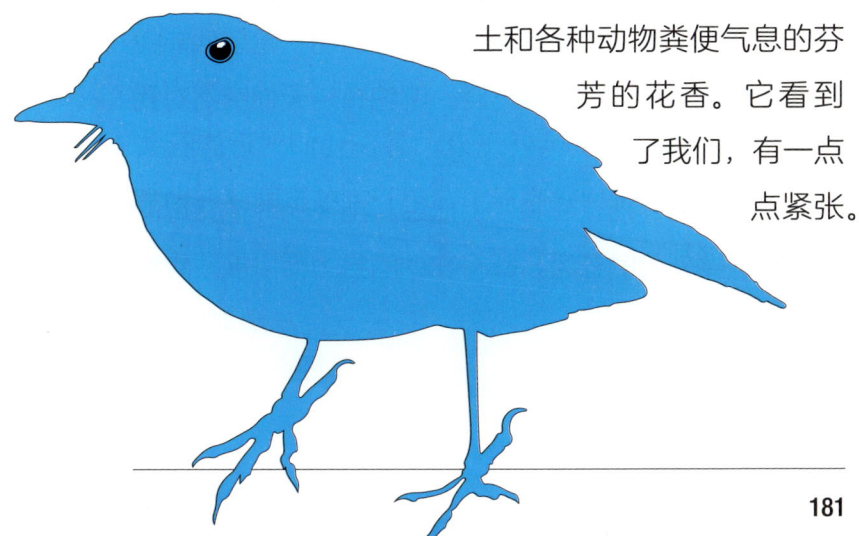

车对它而言还很陌生，它想离我们远一点，但是它稚嫩的翅膀并不能像父母那般给予它逃离的力量，它只是努力地扑腾了几下，还是不得不依靠腿脚走远几步。

少年猎隼威严的父亲似乎洞察到了它的不安，从招鹰架上飞到距离我们最近的一株电线杆上停了下来；它的母亲还在弟弟妹妹们的纠缠中无法抽身，它正努力地将一只旱獭撕成碎片，好满足它们似乎永远填不满的胃口。

猎隼父亲并没有什么多余的动作，它很快判断出无须担心我们的存在，随即转身离去，并从长子的头顶飞过，还回头看了它一眼，小家伙心领神会，停止了扑腾，静静地等我们离去。

养育子女，并不仅仅是满足它们的胃口，还要教会它们如何去认知这个世界，劳力劳心，缺一不可。鸟类尚且如此，素来崇尚道法自然的中国人对这个问题怎会懈怠？

在读书这件事上，我的外甥没让家人操过心，我们很爱他，但并不想限制他选择人生的自由，希望他能找到属于自己的求学和发展之路，哪怕有一天他突然对我们说他想做一名木匠，也没问题。

十八岁的外甥"翅膀"上已经长出飞羽，他父母的白发，外婆外公的苍老，都将在他的身上得以焕发青春。

哪怕是我这个当舅舅的，也有"吾家有子初长成"的喜悦。

知识扩展

隼类育雏期间双亲的分工合作

●猛禽雏鸟胃口大，单靠爸爸或者妈妈往往是照顾不过来的。所以基本都是双亲共同抚养，并且爸爸妈妈在抚养子女的过程中往往分工明确。

●科学家们已经注意到，很多猛禽的雄性个体都比雌性个头小。研究表明，身体差异往往受捕猎难度大小的影响，通常猛禽的猎物越难抓，雄性体形相对就越小。以鸟类、蝙蝠、猴子、松鼠等速度快、警惕性强、行动敏捷的猎物为主食的猛禽，两性的体形差异也的确最突出。而随着捕捉猎物难度的降低，猛禽的两性体形差异也降低了，例如食腐性猛禽的食物更加易得，因此高山兀鹫、秃鹫等食腐猛禽雄性的体形几乎和雌性完全一样。

●猎隼、游隼等通常会轮流孵卵，进入育雏期后，则由雄鸟负责狩猎并且把食物带回巢，丢下猎物后就再去捕猎，雌鸟负责把猎物撕成小块以方便雏鸟进食，这种安排合理高效。曾经发生过雌鸟意外死亡，雄鸟带食物回来却不懂得将猎物撕碎，企图将整个猎物硬塞给雏鸟的情况；毫无疑问，在这种状态下，雏鸟当然很难顺利长大（部分雄鸟会逐渐被雏鸟的乞食行为激发撕裂食物的能力）。在雄鸟外出捕猎期间，雌鸟除了日常照料雏鸟，还经常用翅膀为雏鸟遮阳庇雨，如果雄鸟意外身亡，雌鸟就不得不出去捕猎，离巢期间，雏鸟出意外的可能性就会大大增加。

●猛禽的幼鸟即使羽毛丰满之后，也还要得到双亲的照料，一般来说，体形越大的种类，需要的时间就越长。小型猛禽1～2年可以达到性成熟，大型猛禽如雕、海雕、秃鹫等，则需要4～5年才能达到性成熟。

大自然博物记

27

红裙飘飘的
北红尾鸲

我从没在一个地方见到这么多北红尾鸲[81]。

这些秋天的精灵穿着红色的小裙子在我眼前飞来闪去，原本平淡无奇的一块海岛岩石，因为它们的到来，瞬间变成了一个欢乐忙碌的大舞台。谁是主角？谁是跑龙套的？已无法分辨，它们都那么兴奋，停不了几秒钟就要跳起来、闹起来、扑腾着飞起来。雄鸟们各自戴着一顶闪着银光的秋帽，翅膀上嵌着两块白玉，彼此是拔剑弩（nǔ）张还是在学石崇、王恺斗富？衣着朴素的雌鸟也参与到这场狂欢之中，一改冷眼相看的习惯，红色的裙摆如一团团小火苗，将海岛的秋天点燃。

15 年前，东海上这座位于长江入海口和杭州湾之间的小岛寂寂无名，如今世界各地的巨轮汇聚、停泊于

⊙　浙江省

185

此，堆积的集装箱一眼望不到头。之前很难踏足的小洋山岛如今可以驱车直达，"鸟人"们顺理成章地拥有了新的乐园。

然而，无须翻看历史便可以断言，最先发现小洋山岛具有战略价值的并非大建设的决策者，甚至也不是这里当初为数不多的本地渔民，而是候鸟们。

众多的鸟儿在这里迫不及待地收拢翅膀从云头落下，是要在这里休整几日、补充体能，然后才能继续被人类赞誉为"伟大"的迁徙征程。

和北红尾鸲一样正在这里作短暂休憩的还有鸲姬鹟82。

81

红裙飘飘的北红尾鸲

海岛上常年大风，树木通常很难长得高大，小洋山岛上的情况也不例外，但是在一些背风处，树木依然可以长得郁郁葱葱，鸲姬鹟们把这儿当作了放飞心情的"宝地"。它们是一种娇艳的鸟儿，橘红色的小胸脯总是挺得高高的，像一片片会自由飞舞的秋叶，只是不大肯落在地面上。

地上有一只怀氏虎鸫83，一听到脚步声就向前蹿，像被发现的小偷一样，慌里慌张的让人发笑。一只红喉姬鹟原本也在地上，褐色的外衣与地上的落叶、枯草几乎融为一体，让人很难发现它，但是架不住怀氏虎鸫这个"猪队友"到处乱窜，惊得它"呼"地飞上了枝头。

可红喉姬鹟在枝头还没有站稳，怒不可遏的北灰鹟84就冲了过来——这是它的地盘，是重要的觅食瞭望台，岂可容别的鸟儿染"枝"？北灰鹟虽说个头小，但这会儿人家是一大家子在旅行，势力可

不小，红喉姬鹟只能感叹世道艰难，惹不起就躲吧。翅膀一张，真的飞到"林深不知处"了。

　　地面上的鸟儿也并非都像怀氏虎鸫那么怕人，也不似红喉姬鹟那么容易屈服，雄性日本歌鸲不仅漂亮，也以胆子大闻名。它并非对忽然出现的人类毫无芥蒂（dì）之心，而是轻轻地躲闪到一条小小的沟里，刚好能避开人类的视线又不会远离它自己挑中的临时"餐馆"。

　　树枝上的柳莺们不仅比地上的日本歌鸲要活跃得多，也更爱叫。幸亏它们是天生的"麦霸"，是不呐喊就不快乐的性格，否则人们焉能将堪察加柳莺和外表与它几乎一模一样的极北柳莺分得清楚呢？极北柳莺的叫声是纯粹的，仿佛带有北风的凛冽与干脆；堪察加柳莺的叫声里则带着一点委婉，像一场冷雨带来的一丝慌乱。

受长江和钱塘江来水的影响，小洋山岛所在海域的海水不是蓝色，一眼望去，只有浑黄的焦灼。景色无法和福建沿海的诸多岛屿相比，但是小洋山岛所属的嵊（shèng）泗（sì）列岛对沿海迁徙鸟类的重要性也是福建很多海岛难以望其项背的。

嵊泗列岛的诸多岛屿不仅可以为沿着中国东部海岸线迁徙的林鸟提供歇息之地，也成了很多沿海水鸟的选择——嵊泗列岛周围的海水受洋流作用，冷暖水交汇量大，营养物质丰富，吸引了大量的鱼类，为海鸟提供了充足的食物来源。例如，

84

中国最珍稀的鸟种之一"中华凤头燕鸥"的主要繁殖地就靠近这里。

　　浙江众多关爱鸟类的人士，这几年每年都在无人的海岛上从事艰苦又卓有成效的鸟类繁殖监测和保育活动，每每看到他们在朋友圈里晒"日常"的工作照时，真是佩服又羡慕。既然我已经到过了小洋山岛，那么登上嵊泗列岛去观鸟应该也指日可待了吧……

知识扩展

> 上海没有森林，为什么会有很多林鸟？

●这是个很有趣的问题。首先林鸟并非指生活在森林里的鸟，尽管生活在森林里的鸟大多确实属于林鸟。

●林鸟是观鸟爱好者们对一种鸟类的一个简称，泛指一切主要食物来源并非水生生物的鸟类；与之相对应的词是水鸟，泛指一切食物来源主要是水产品（包括动植物）的鸟类。上海虽然已经没有原始森林，但是上海有很多人工林、少量的原始次生林和漫长的海岸线，很多人工湿地以及天然的、人工的河流与湖泊，所以上海既有林鸟也有水鸟。根据上海野鸟会记录委员会发布的报告，上海市截至 2019 年度，鸟种共计22目78科242属494种，占全国鸟类种数的 33.51% (494/1 474)。

大自然博物记

28

飞越海洋的小小鸟
——琉球山椒鸟

2021年2月，备受关注的《国家重点保护野生动物名录》在发布32年之后重新修订并正式公布。在讨论期本不属于被大家重点关注的，如画眉、红嘴相思鸟等这类花鸟市场上常见的笼养鸟也位列其中，令从事野生动物保护工作的人们欣欣鼓舞。

今年冬天，主要在琉球群岛生活的琉球山椒鸟在上海、杭州、福州和厦门等东部沿海城市相继被发现有个体越冬，是偶然现象还是以往观察的疏忽？目前尚无定论。无论是在哪一个城市，琉球山椒鸟的出现都引来观鸟和拍鸟爱好者们的热捧，毕竟"没见过的鸟就是好鸟"。

琉球山椒鸟85是前几年被分类学家们刚刚从灰山椒

⊙ 福建省

191

鸟中单独分出来的。长期生活在岛屿上的物种往往会进化出独特的形态特征，时间长了，差别足够大，就很容易"独立"。

琉球山椒鸟在厦门的仙岳山待了很久，而且似乎每天在山中巡游的路线和时间都是固定的，作息严谨。这也让我们开了眼界，不知道它在琉球群岛上的生活是否也是如此？

琉球山椒鸟的背部

85

和翅膀几乎是均匀的灰黑色，腹部则灰得有些阴郁，只有额头上和项上的白，似珍珠、似月光。琉球山椒鸟在不同的树枝上来回飞，马尾松、台湾相思树还有扶桑，它一点儿也不挑剔，却也不安分，无论到哪一处，停下来的时候不过几秒钟。它总爱歪着头打量世界，那童子般的眼神，让你见了忍不住心底就泛出温暖。面对一两个人的时候，它如此这般；七八十号人安静地围观它的时候，它亦是如此；这只飞越了海洋的巴掌大的小鸟，比我们想象的更淡定、坚韧，也睿智、聪明得多。

琉球山椒鸟让所有看到和拍到它的人都很开心，山中的画眉、红嘴相思鸟也会跟着笑。这不难理解，对吧？

并不是所有出现在人类面前的可爱小鸟都能受到善待。也是这个冬天，北京奥林匹克森林公园里，一只本已经和人类之间建立了信任的大麻鳽被弹弓打死；在通州，一只疲惫的大鸨成了部分极度自私的拍鸟者频繁追逐和驱赶的对象，他们为的就是能够拍到可以"数毛"和充满"动感"的画面。

如何让中国的野生动物保护做得更好？民众对"野生动物、环境和我们自身之间的关系"的认知是基础，然后方能众志成城；"尊重自然、尊重他人与自己"的意识缺一不可。为了实现这一点，鼓励更多的人以友好的方式走进观鸟的世界，应该是个不错的选择。

知识扩展

● 岛屿物种如果缺少迁移能力，只能在有限的岛屿环境中谋求生存，其先前的习性可能不再适应新环境，并因此在演化过程中面临新一轮的自然选择，时间久了，就会表现出与大陆地区祖先不同的性状。岛屿物种经常会出现"巨人化"和"侏儒化"现象，巨人化往往是因为缺少天敌以及充足的食物资源，如一些岛屿上的巨大的啮齿类动物；侏儒化往往是生存压力增加所致，如一些岛屿上矮小的大象等。鸟类也会出现特化，比如因为缺乏天敌，食物资源丰富，新西兰西南部的白垩（è）岛上的鸮鹦鹉就变得完全不会飞。生活在加拉帕戈斯群岛的弱翅鸬鹚也因为世代就生活在当地，又没什么天敌需要躲避，只有下海捕鱼才是最重要的事，所以也逐渐演变成了鸬鹚家族中唯一一种不会飞的鸟。

大自然博物记

29

香港公园里的瑰宝
——小葵花凤头鹦鹉

　　香港的城市公园很多，在密匝匝的高楼大厦中，它们是让人身心舒缓的必需品。

　　和香港大面积的郊野公园不同，香港城市公园虽然星罗棋布，但面积都不大，大多依照地形修建，几乎是百分之百的人工打造却又尽可能地模拟自然，香港温热潮湿的气候非常有利于植物生长，因此生物多样性较内地的城市公园通常更加丰富。

　　年前赶着时间在香港待了5天，去了四个城市公园，其中香港公园、香港动植物公园和九龙公园都是为了观鸟而去的。怎么说呢？都是我爱极了的地方——小小的世界，藏着大大的精彩。

　　从动车站出来，九龙公园近在咫（zhǐ）尺。尽管世

界一点一点地变化着，公园里的小天地却似乎一丝一毫都未曾受到影响——还是喷泉周围的小小彩虹、广场上不紧不慢打着太极拳的人们，以及树梢上嘈杂依旧的亚历山大鹦鹉。

亚历山大鹦鹉86漂亮极了，像外出踏青的姑娘，穿着一身苹果绿的长裙。大树是完美的衬托，蓝天是最佳的背景，我们需要仰视才能看到它们。好在它们会体贴人意地俯下身姿，让你看个够；偶尔还会表演一下如何

香港公园里的瑰宝——小葵花凤头鹦鹉

用坚硬的喙和灵巧的爪子将豆荚剥开，然后大快朵颐；吃饱了还会歪着头看着你，仿佛在问："您也来一颗？"

比起我们这些游客，甚至公园里锻炼散步的香港人，这些亚历山大鹦鹉更像是公园里的主人，毕竟哪一棵树开花了、哪一棵树结果了，它们了如指掌。我们在公园里追寻着它们飞行的路线，时而驻足仰望，时而行走如风，时而赞不绝口，时而抓耳挠腮，香港人见多了观鸟人的这般模样，也不以为奇。

九龙公园对面，隔着维多利亚湾，位于太平山下的香港公园里也有鹦鹉，而且更多。

小葵花凤头鹦鹉87是香港公园里当之无愧的瑰宝。中国本土原本没有小葵花凤头鹦鹉，最早是殖民时期香港总督以宠物形式带到香港的。后来这些鸟儿成功逃出了樊笼的束缚并开始在香港公园一带繁衍，日久天长，种群规模竟达到

86

了200多只。与此同时，小葵花凤头鹦鹉在原产地印度尼西亚，则因为盗猎，以及自然栖息地遭到以恐怖速度增长的人口引发的大肆破坏，反倒成了岌(jí)岌可危的种群，距离野外灭绝仅有一步之遥。现如今，香港公园里的这群小葵花凤头鹦鹉是世界上最大的种群，超过全世界总数的1/10。

小葵花凤头鹦鹉的成功离不开它们自己的聪慧和勇敢，以及缺少天敌和人类对环境的珍爱。

　　我们被小葵花凤头鹦鹉的洁白和憨态可掬的模样深深吸引。它们在城市的脚手架上、屋檐下、楼宇的窗台和公园里的树木之间来回穿梭，有时候仿佛纯粹就是在享受飞翔的乐趣，或者聚集在一株枯枝上，像一群老北京胡同里爱聊天的街坊们。小葵花凤头鹦鹉的声音一点儿也不温柔，但是当它们嘴角带着永远上翘的微笑，一双大眼睛冲着你颔（hàn）首眨啊眨，还扭扭捏捏地忽然害羞了一样用翅膀挡住脸蛋时，真的能萌到你灵魂的最深处，让你庆幸自己喜欢观鸟是一种多么值得炫耀的幸福。

88

89

香港公园里不只有小葵花凤头鹦鹉，绯胸鹦鹉88和红领绿鹦鹉89也是常客。绯胸鹦鹉是中国本土物种，我以前在不少地方见过。

红领绿鹦鹉是头一次见，模样和亚历山大鹦鹉真的很接近，后者翅膀上多了一点血红色而已。这让人想起了伟大又嗜（shì）血的亚历山大大帝。

亚历山大鹦鹉、红领绿鹦鹉、小葵花凤头鹦鹉飞翔在香港的天空，在香港水泥森林里的小块绿地中顽强地生活着，虽然是身处他乡，却早已"此心安处是吾乡"了！

知识扩展

美丽的夏威夷群岛为什么被称为"世界濒危物种之都"？

● 夏威夷群岛的形成源自海底火山喷发造成的熔岩堆积，距离最近的大陆也超过 3 000 千米，很少有原生的陆地哺乳动物，曾是鸟类的天堂。这里在人类到达之前，可能只有夏威夷灰蓬毛蝠和夏威夷僧海豹两种本土哺乳动物，以及 100 多种特有的鸟类。而当人类到来，最先受到影响的也是它们。

● 随着波利尼西亚人一同到达夏威夷的家猪，成了岛上第一种外来的陆地哺乳动物，猪啃树、拱地等行为意味着植物和土壤环境的改变。久而久之，人类的土地、农田也开始受到影响，便利用同样作为入侵物种的狗驱赶、猎捕野猪，野猪数量的确得到了控制，但狗在捕猎的过程中又威胁到了夏威夷僧海豹的生存。因此，在夏威夷仅有的两种哺乳动物之一的僧海豹，只能另寻栖身之所，结果因适应新环境和食物匮乏而濒临灭绝。

●随人类而抵达的老鼠，很喜欢捕食夏威夷树蜗牛，人们也热衷于收集树蜗牛的壳加工成装饰品，在双重夹击下，夏威夷树蜗牛的数量和种类急剧下降。人类养的家猫虽然能捕食老鼠，但是家猫和老鼠都堪称鸟类的"噩梦"，夏威夷本土的鸟类遇见突如其来的天敌，根本毫无招架之力。

●举例来说，夏威夷蜜旋木雀曾经遍布岛上，到2003年时却仅剩下3只，究其原因，就与家猫和老鼠有关。它们不仅会直接捕杀夏威夷蜜旋木雀，还造成了其主要食物——夏威夷树蜗牛的减少；又由于另一种入侵物种蚂蚁将夏威夷蜜旋木雀所依赖的昆虫等食物消灭殆尽，最终造成这种夏威夷独有的鸟类成了灭绝物种的一员。

●夏威夷现存的本土鸟类仅有 59 种，其中 70% 已经濒临灭绝，取而代之的是被人类带去的外来物种。谁能想到，美丽的夏威夷群岛上常见的木槿花、鸡蛋花、樱花、番石榴树都并非本土植物，而是入侵物种；原产自南美洲的米氏野牡丹，因叶片会挡住阳光，使得下层的植被难以生长，这更是对于本土植物的一种毁灭性打击。

●面对脆弱且独特的海岛生态系统，由于人类在介入时缺少对原生态的了解、尊重以及相应的解决能力，很多海岛上都发生过类似夏威夷群岛的故事，当地的昆虫、哺乳动物、植物都经历了上述类似的物种更迭。

●在过去的200年间，夏威夷本土物种比世界上其他任何地方灭绝的都多，剩下的物种则面临灭绝的威胁，使夏威夷被称为"世界濒危物种之都"。这并不是一个光荣的称号，而是我们人类需要反思的提示。

大自然
博物记

30

隐形大师
——暗腹雪鸡

新疆的风是爽朗的，即便是海拔3 000米的地方都是如此。

我住在伊犁（lí）朋友家的小院里，天天面对的那座大山就是乌孙山，群山里那个一眼就可以看到的白色山峰——白石峰，便是暗腹雪鸡的家园。

去白石峰必须走"伊昭公路"。在新疆，这是一条号称风景仅次于"独库公路"的绝美公路。太阳出来了，照得白石峰成了金色，像涂了一层蜜糖，缓缓地流向山脚下的草原。伊昭公路上只有我们，哦，还有在山坡小灌丛里唱歌的林鹨和学艺不精、羞得自己一脸通红的普通朱雀，以及一大早就开始群体练习特技飞行的岩燕们。除此之外，山谷里依旧还是静默的，矗（chù）立在那

新疆维吾尔自治区

里的雪岭云杉，至少已有百年。

　　山坡上全是大大小小的碎石块，在这种环境下，暗腹雪鸡身上的保护色会令它看起来是隐形的。我几乎瞬间就放弃了要找到暗腹雪鸡的想法，毕竟路上至少还可以看看活跃的红腹红尾鸲和呆呆的白背矶（jī）鸫。

　　我坐在车里，目光紧紧地盯着前方的坡谷，眼神里只剩下茫然——积雪、绿草、碎石、水痕、大山的影子，世界安静得让人忘记自我；远处的风景又壮观到让人热血沸腾——大地在翻滚，硕大的岩石像涟漪般散开、山峰凝固成浪花。我真的不晓得究竟该将自己的目光投向哪里。

山坡上有羊，有马，有花花草草，还有黄鼠和旱獭，甚至还有野兔。往高处看，有蓝天和白云，白云像一只可爱的小兔子。

车过了垭口，南天山诸多雪峰猛地就跳进了眼底。我下车驻足欣赏，蓝天下雪峰如簇，如盛开在天空中的一朵朵白莲花。

忽然，前方山谷里有叫声在彼此呼应，急促且沉重，像武侠小说里描写的内功深厚的高手发出的短啸声，我赶紧小步向前跑去。

阳光照在山坡上，视野之内绿意浓浓，乌孙山的南面虽然不比北面潮润，却实实在在暖和许多，高海拔地区也不缺水汽，草儿生得茂盛也是情理之中。我有些气喘，这才意识到这里海拔已经超过3 000米，动静大了容易有高原反应。

于是我放弃了爬山坡的想法，只是沿着公路边缘行走，时不时停下来靠着护栏，抬头仰望。那叫声越来越靠近，已经没有心思去感受自己的激动了。虽不敢快跑，但也忍不住三步并两步往前赶。

转角，猛地停住。山坡草地上，暗腹雪鸡90，一、二、

三、四、五、六、七、八、九、十只！全都在 50 米以内，时时埋头觅食、偶尔抬头看天，成鸟缓缓踱步、幼鸟紧紧相随，所有能预想到的画面都有了！

我一脸满足地走了回去，这才发现原来就在我们停车边的山坡上，因为是背阴面，几乎没有草，大片大片裸露的土壤，偶尔有些石头堆，6 只暗腹雪鸡悄无声息地就待在那里，不留意根本看不出来。

这 6 只暗腹雪鸡给足了我面子，虽然受到山坡下人多车多的干扰，它们已经开始逐渐从低处向高处转移，但是移动的速度并不快，足以让我看清楚它们原本和土壤近乎融为一体的羽色。背部与侧面是一种青砖灰，夹杂着黄土色的暗纹，脖子与环绕胸口的焦褐色条纹，将雪白的脸颊和胸腹勾勒成了一块块大小不一的"白色石头"，只要它静止不动，便可以完美地融入背景环境之中。无论是天空中俯瞰（kàn）的猛禽，还是躲藏在岩石中的雪豹这类天敌，包括我们人类，都只能干瞪眼。

其实暗腹雪鸡的分布很广，在西部诸多高海拔山区都有，但是看过的人并不多，合适的交通线路，良好的天气状况，敏锐的观察力，还有无论如何都不能少的运气，缺一不可。

暗腹雪鸡家族在这里兴旺的事实让我很开心，我还记得看到暗腹雪鸡的那天下午2点40分，我和同行的鸟

友在察布查尔县找到一家卖羊肉粉丝的店，羊汤的香味在嘴里，快乐在心底。

知识扩展

生活在不同海拔的雉类

● 在同一片山区，同一类鸟往往会通过海拔来区分各自的生态位，实现"和睦共处，有饭大家吃"的和谐局面。

● 科学家们曾选取江西官山国家级自然保护区为研究地点，对同域分布的 4 种雉类（白颈长尾雉 *Syrmaticus ellioti*、白鹇

Lophura nycthemera、勺鸡 *Pucrasia macrolopha*、灰胸竹鸡 *Bambusicola thoracicus*）的海拔分布及垂直生态位进行了调查研究。结果显示，研究地点同域分布的 4 种雉类的海拔分布范围为 200~1 399 米，各物种均有相对集中分布的海拔段。海拔分布范围依次为白鹇（324~1 360 米）、勺鸡（433~1 297 米）、白颈长尾雉（346~1 006 米）、灰胸竹鸡（200~598 米）。可见同域分布的 4 种雉类对海拔资源的利用存在着差异，白鹇食性最杂，活动能力最强，对海拔资源的利用最广；灰胸竹鸡和勺鸡基本属于睦邻友好，互不搭理；白颈长尾雉则觉得海拔太高的地方林子下层太密，所以不想去。这些都和我们在相邻地区的山林观测到的结果一致。

● 中国西部山区的海拔通常远高于东部，有些雉科鸟类长年生活在雪线附近，比如阿尔泰山地区雷鸟、岩雷鸟，即便是冬季也很少会来到海拔 2 000 米以下的位置，但暗腹雪鸡、阿尔泰雪鸡夏季也在雪线附近活动，冬季就会跑到海拔 2 000 米以下；藏雪鸡、雪鹑（chún）、黄喉雉鹑、雉鹑、白尾梢虹雉、绿尾虹雉、棕尾虹雉这些主要在青藏高原边缘的巨大山脉里生活的雉类，则一年四季几乎都在 3 000 米以上海拔的地区活动。

90

隐形大师——暗腹雪鸡

"知识扩展"索引附录

01	乌鸦都是黑色的吗?	006
02	鸟导、中国是雉科鸟类分布中心	016
03	猫头鹰都是夜行的吗?	024
04	特有种、窄域分布、岛屿鸟种分化	030
05	亚种,血雉的各个亚种	037
06	鸟类的鸣叫与鸣唱、动植物的协同进化	042
07	鸟浪,为什么很多不同的鸟会同时出现?	050
08	生态旅游	056
09	观鸟、拍鸟的基本规则	062
10	鸟的分类	070
11	中华凤头燕鸥的招引繁殖保护	076
12	旗舰物种与伞护种	080
13	国内主要的猛禽迁徙通道观测点、猛禽迁徙过程中对气流的利用	088
14	中国的鹤类、古人绘画中有意思的鸟类	094
15	鸟类羽毛丰富的色彩是如何形成的?	102
16	黄土高原上退耕还林政策对鸟类的影响,以延安为例	109
17	夜间,鸟住在哪里?	116
18	智能手机上的观鸟应用有哪些? 未来还可以有哪些畅想?	122
19	为什么有的鸟能在弱光下看清东西?	129
20	主要沿着第一岛链迁徙的鸟类	136
21	树鸭的繁殖方式	144
22	中国的鸫类	154
23	燕窝是什么?	162
24	三江源国家公园	167
25	保护青藏高原最好的方法是人类的退出吗?	176
26	隼类育雏期间双亲的分工合作	183
27	上海没有森林,为什么会有很多林鸟?	190
28	岛屿物种的特化	194
29	美丽的夏威夷群岛为什么被称为"世界濒危物种之都"?	200
30	生活在不同海拔的雉类	208

部分照片拍摄者名录

廖辰灿	珠颈斑鸠	002
	麻雀	003
	白鹇	008
	黄腿渔鸮	020
	黄腰太阳鸟	097
	绿喉太阳鸟	099
	黑胸太阳鸟	100
	噪鹃	114
	大鸨	153
	红耳鹎	112
赵广胜	白头鹎	005
	黄腹角雉	011
	白头鵙鹛	046
	红嘴钩嘴鹛	047
	棕头钩嘴鹛	048
	黄腹冠鹎	049
	黑枕黄鹂	078
	蓝喉太阳鸟	096
	绯胸鹦鹉	199
乐伟强	黄颈拟蜡嘴雀	019
	火尾太阳鸟	098
	紫颊直嘴太阳鸟	101
葛陆原	中华凤头燕鸥	074
陈什旺	大凤头燕鸥	075
	橙胸姬鹟	156
邹峙华	大石鸡	108

图书在版编目（CIP）数据

走！跟着山鹰去观鸟 / 朱敬恩著. — 广州 : 广东科技出版社, 2023.4
（大自然博物记）
ISBN 978-7-5359-7867-7

Ⅰ.①走⋯　Ⅱ.①朱⋯　Ⅲ.①散文集—中国—当代　Ⅳ.①I267

中国国家版本馆CIP数据核字（2023）第012549号

走！跟着山鹰去观鸟
ZOU! GENZHE SHANYING QU GUANNIAO

出 版 人：严奉强
选题策划：王 蕾　招海萍
责任编辑：招海萍　果 欢　熊拓新
书籍设计：Ｄ张志奇工作室
插 图：Ｄ张志奇工作室
责任校对：于强强　李云柯
责任印制：彭海波
出版发行：广东科技出版社
　　　　　（广州市环市东路水荫路11号　邮政编码：510075）
销售热线：020-37607413
　　　　　http://www.gdstp.com.cn
　　　　　E-mail：gdkjbw@nfcb.com.cn
经 　销：广东新华发行集团股份有限公司
印 　刷：广州市岭美文化科技有限公司
　　　　　（广州市荔湾区花地大道南海南工商贸易区A幢　邮政编码：510385）
规 　格：889 mm×1 194 mm　1/32　印张7.25　字数180千
版 　次：2023年4月第1版
　　　　　2023年4月第1次印刷
定 　价：49.00元

如发现因印装质量问题影响阅读，请与广东科技出版社印制室联系调换（电话：020-37607272）。